海の家の婚活合宿にイッてみました

草凪優

双葉文庫

目次

プロローグ

草木も寝静まった丑三《うしみ》つ時、北条欣一《ほうじょうきんいち》は鏡に向かってつぶやいた。

「モテねえなあ……」

ボロアパートの壁に貼りつけられた鏡はひび割れていた。そこに映った欣一の顔も、正視に耐えられないほどしょぼくれている。

今日、女にフラれた。告白をしたが、冷たく拒否された。中学一年生で遅まきながらの初恋をしてから、これで何度目の屈辱だろうか？　確実に五十回は超え、下手をすれば百回近いかもしれない。

今日は欣一の誕生日──日付が替わって、三十歳になった。この世で三十年間生きてきても、この手につかんだものはなにもない。

最終学歴は高校中退、正社員で雇われたことはなく、社会に出てからはずっとアルバイト。金はなく、勤労意欲はさらにない。自分でも救いがたい悪癖《あくへき》だと反省するしかないが、かったるくなるとすぐに仕事を放り投げて辞めてしまう。

女にもまったく縁がなかった。三十歳を目前にして婚活パーティに参加するようになったものの、彼女いない歴＝年齢では洟《はな》もひっかけてもらえない。

女と付き合ったことがないばかりか、友達もいなければ、両親との折り合いも悪く、もう何年も実家には帰っていない。

酒も煙草もやらず、ギャンブルにも興味がないのは、数少ない美徳と言えるかもしれない。だがそのかわり、これといった趣味もない。アニメ鑑賞やフィギュア収集、オンラインゲームの類《たぐ》いに夢中になっているオタクを見ると、「暇だねえ」と胸底《きょうてい》で悪態をついてしまうが、正直ちょっと羨ましい。自分にも、お手軽に現実逃避できる趣味が、ひとつでもあればよかったのに……。

とにかく。

三十歳になるまでなにも獲得できなかったからには、おそらくこの先になにかをつかむこともないだろう。ぼんやりと日々を送り、時の流れに身をまかせて、ただいたずらに馬齢《ばれい》だけを重ねていく。気がつけば気力も体力も失ったヨボヨボの爺さんになり、あとは座して孤独死を待つのみ。

そんな未来があまりにもリアルに想像でき、欣一はゾッとした。このままでは本当にまずいと震えあがった。一念発起して明日から生まれ変わってやる――そんな決意をしたことは初めてではなかったが、いつだって挫折してきた。しかし、今度ばかりは、挫《くじ》けることも逃げだすことも許されない。ここで本気を出さなくては、本当にお先真っ暗だ。

なにも難しく考える必要はないのだ。この世に生まれてきてよかったと思えることを、なにかひとつでも手に入れることができれば人生は変わる。自分はたしかにボンクラな能なし野郎だが、目標を立ててそのことだけに全集中した生活を送れば、ひとつくらいはなんとかなるのではないだろうか？

ひび割れた鏡を見ながら、欣一は自分に問いかけた。

おまえはいったい、残された人生でなにがしたいのだ？

「……ふうっ」

眼をつぶり、深呼吸をする。起業して大金持ちになりたいとか、テレビに出るような有名人になりたいとか、歴史に残る芸術作品を残したいとか、そんなことは一ミリも脳裏をかすめなかった。

重い瞼《まぶた》をもちあげ、ひび割れた鏡に映っているしょぼくれた自分を見た。

「モテてえなあ……」

もしも願いが叶うなら、女にモテてモテてモテてモテまくりたかった。狙った獲物を鮮やかに落とし、やってやってやりまくりたい。それこそ男子の本懐《ほんかい》、この世に男として生まれてきた意味ではないか？　一度も女にモテることなく、それどころか童貞の重い十字架を背負ったまま年老いてしまう未来だけは、全力で拒否したかった。

第一章　童貞中年の復讐

1

夏・海・湘南《しょうなん》のビーチ——。

東京、あるいはその近郊で生まれ育った人間にとって、湘南は特別な場所である。たいていは子供のころから「海といえば湘南」という刷りこみがあるし、思春期を迎えれば憧れのデートスポットとして仰ぎ見る。千葉にある海はどうなんだ？　という意見もあるかもしれないが、江ノ島《えのしま》や鎌倉《かまくら》などの観光地を擁する湘南は、やはり一枚上だろう。

そんな場所にある海の家で、「婚活合宿」が催されるという情報を得た欣一は、ためらうことなく応募した。五泊六日、参加者全員が海の家でバイトをしながら、ひとつの貸別荘に滞在するらしい。

（まるで、テレビの恋愛リアリティショーだな……）

婚活関係の催しといえば、パーティ形式がほとんどであり、五泊六日も泊まりこみなんて、かなりレアな企画である。一日五時間労働で三千円のバイト代が支給されるらしいが、そもそもエントリー料が二十万円もするので、バイト代なんて雀の涙だ。だがそのぶん、参加者のモチベーションは高いはずである。是が非でも異性をつかまえ、結婚に向かって走りだしたいと、気合いを入れてやってくるに違いない。

いいじゃないか、いいじゃないか、と欣一はほくそ笑んだ。これこそ、生まれ変わった自分の初陣《ういじん》に相応《ふさわ》しい舞台である。

とはいえ、結婚にはまるで興味がなかった。

結婚式にハネムーン、愛妻弁当にマイホームに可愛い赤ちゃん――かつては憧れていたけれど、いまとなってはすっかり色褪《いろあ》せている。

みずからの来し方行く末について熟考してから五年、欣一は現在、三十五歳になっていた。「モテたい」という人生の大目標が定まった以上、この五年間、ぼんやりと過ごしてきたわけではない。ボロアパートのひび割れた鏡に映っている自分はもう、あのころのしょぼくれた男ではない。

昼も夜もバイトに明け暮れて貯めこんだ金を抱え、韓国に渡って整形手術を受けてきた。もちろん、国内でやるより断然料金が安いからだが、中でも超激安の病院を探し、日本で認可されていない薬でも施術でも、できることはすべてやった。

その結果、韓流アイドル並みのイケメンとまでは言わないが、苦み走ったいい男に生まれ変わることができた。三十五歳という年齢を考えれば、充分に満足できる完成度と言っていいだろう。十回以上渡韓して、七百万円近い金を遣ったけれど、後悔はしていない。

女にモテるためには、とにかく顔だと思った。

もちろん、容姿だけですべてが解決できるほど恋愛のステージは甘くないだろう。だが、そうはいっても、恋のきっかけが見た目にあることはまぎれもない事実であり、そうでなければ「ひと目惚《ぼ》れ」などという言葉がそもそも存在するわけがない。

（そうだよ。俺がいままでモテなかったのは、見た目が悪かったからさ。見た目が悪かったばかりに……）

彼女いない歴＝年齢の辛酸を舐めてきた。三十歳までみじめな童貞だったし、三十五歳になったいまでもそうだ。

この五年間、整形代を稼ぐために夜も寝ないでバイトをし、金が貯まれば渡韓していた。整形手術には腫れなどがひくのを待つダウンタイムがあるから、ソウルの安宿でひと月以上じっとしていなければならなかったこともある。そのおかげで、三十五歳にして童貞という、いささか憐れな状況になってしまったけれど、未来にはそれほど悲嘆していない。

奮闘努力の甲斐があり、兎《と》にも角《かく》にも女にウケそうな容姿は手に入れた。あとは狙った獲物を落とすだけ——激安風俗のおばさん相手に、砂を噛《か》むような初体験をしなくてよかったと、感涙にむせぶ日も遠くないはずだ。

夏が幕を開けた七月初旬——。

欣一は横須賀線《よこすかせん》に乗って湘南に向かった。ひと口に湘南といっても、鎌倉、江ノ島、茅ケ崎《ちがさき》とあんがい広いのだが、今回の婚活合宿は三浦半島を南下したところにある、葉山《はやま》が舞台となる。

江ノ島を望む鵠沼《くげぬま》海岸あたりでは、やんちゃな若者グループの姿も目立つが、葉山は高級別荘地なので、大人のリゾートという雰囲気だった。海の家もバリ風、南欧風など趣向が凝らされ、身なりのいい高齢カップルや富裕層の家族が優雅にバカンスを楽しんでいた。

欣一が指定された海の家に到着すると、他の参加者はすでに揃っていた。男が五人、女が五人、総勢十人。店の営業は明日からなので、客は入っていなかった。白を基調にしたおしゃれカフェのような空間の中、誰もが所在なげに下を向き、スマホをいじっている。

「どうもーっ！　みなさん初めましてえーっ！　今回の婚活合宿の司会進行を務めさせていただきます、マジカル直也《なおや》と申します」

アフロヘアのひょろりとした男が、マイクを持ってしゃべりはじめた。

「いちおう芸人の端くれなんですが、ご存じないですよね？　やっぱりご存じない……まあ、テレビにはあまり出ていないですから、そんなもんでしょう……気を取り直して、おひとりずつ自己紹介をお願いします」

無名とはいえ、芸人の司会進行係がいるなんて、本当に恋愛リアリティショーみたいだなと欣一は思った。整形手術で変身する前に参加していた婚活パーティは、もっとお堅い雰囲気だったが……。

十人の参加者が、それぞれマイクを持って挨拶した。

（おいおいおい……）

女性参加者のレベルの高さに驚いた。二十四歳から三十四歳まで、年齢もバラバラならキャラクターもそれぞれだったが、顔面偏差値の高い女ばかりがずらりと揃っていた。はっきり言って、五年前の欣一なら、誰でもいいから結婚してほしいと思ったはずである。

だが、整形して生まれ変わった欣一の目的は、結婚することではなく、モテることだった。大金を叩《はた》いて顔にメスを入れ、ダウンタイムの苦痛に耐えて苦み走ったいい男になったからには、たったひとりの伴侶を得たくらいで満足できるわけがない。恋とか愛なんてどうでもいいから、とにかくやりたい。モテてモテてモテまくり、やってやってやりまくらなくては、膨大なコストの元がとれない。

(申し訳ないけど、ここにいる女全員とやらせてもらうぜ……)

それくらいのことをさせてもらわないと、気がすまなかった。幸い、欣一以外の男の参加者は、見た目の冴えない男ばかりだった。一流メーカー勤務とか、ベンチャー企業の社長とか、海鮮問屋の跡取りとか、肩書きは立派でも、容姿がへなちょこのうえ、いかにも奥手っぽい童貞臭を振りまいているから、彼らがまごついている間に全員抱いてやる。

もちろん、欣一自身も童貞だったたし、参加者の中で最年長の三十五歳だったけれど、電光石火の早業《はやわざ》で童貞なんて捨ててやる。結婚が目的であれば、ジェントルマンな態度も必要かもしれないが、こちらは「ヤリモク」——女とやることだけが目的なのだ。

（食ってやる……ここにいる五人全員食ってやる……）

目の前の女たちは、いずれ劣らぬ美女ぞろい。彼女たち全員と枕を交わし、味比べができると思うと、口の中に大量の生唾があふれてきた。

2

参加者全員の自己紹介が終わると食事になった。まだ夕食の時刻には少し早かったが、海の家のフードメニューの試食会も兼ねていた。

ロコモコだのパエリアだのボンゴレビアンコだの、おしゃれな街カフェにでもあるようなものばかりがバイキングに並んでいて、欣一はげんなりした。ここは海の家ではないのか？　海パン一丁で食べるなら、しょっぱいだけでコクのない醬油ラーメンとか、炒めすぎてカリカリになったソース焼きそばとか、味のぼやけた黄色いカレーのほうが断然うまいに決まっている。なにを気取ってやがるんだと思ったが、もちろん口には出さなかった。

食事を終えると、滞在場所である別荘に移動となった。

葉山の町は海岸から上り勾配《こうばい》の丘になっていて、海を見下ろせる場所に建っている家が多い。湘南広しといえども眺望のよさは屈指であるがゆえに、高級別荘地になっているのだろう。

とはいえ、満腹の状態で上り坂をのぼっていくのはしんどいもので、最年長の欣一はもちろん、他の参加者やスタッフも、息をはずませて汗みどろになっていた。

(すげえな、こりゃあ……)

婚活合宿の舞台となる別荘は、予想をはるかに超えていた。戦前の富豪が建てたとかで、広々とした敷地にたたずむ趣のある洋館だった。とはいえ、観光ホテルにするには設備が古いので、いまでは長年付き合いのある企業の研修施設として使われているという。

一般的な別荘、あるいは住宅としては驚くほど大きな建物だった。一階に広いリビングがあり、二階が宿泊するための部屋——とはいえ、さすがに十人の参加者それぞれに個室をあてがうほどの部屋数はなかった。ふたりでひと部屋に振り分けられたが、男女五人ずつなので、ひとり部屋の人間がひとりずつ出ることになる。

男のほうは、主催者側が最年長を考慮してくれたのか、欣一ということになった。他の参加者から異論も出なかったので、個室をゲットである。研修施設として利用されるようになったせいだろう、部屋にはユニットバスが後付けされていた。風呂とトイレが一緒だが、それでも充分ありがたい。

（ククク、のっけからツイてるじゃないか……）

参加目的が結婚相手を探すことなら、同室者がいたほうがいいかもしれない。情報交換もできるし、連係プレイを画策することも可能である。

しかし、欣一はただの「ヤリモク」だから、個室のほうが都合がよかった。真面目に結婚相手を探している参加者からすれば、害虫のようなものかもしれないけれど、こちらにはこの歳まで溜めこんだルサンチマンがあるのだ。

（おまえらにわかんのか？　三十五歳まで童貞でいた男の気持ちが……）

生まれ変わるために五年もの月日をかけ、ようやくのことで女漁《あさ》りに出陣したのだから、積年の恨みを晴らさずにはいられなかった。

本心を言えば、欣一だって整形手術などせず、ありのままの自分を愛してくれる女と愛しあいたかった。そういう出会いが三十歳までにあったなら、まっとうな男として生きようとしただろう。

しかし、女たちは決して振り向いてくれなかった。中学校一年生での遅まきながらの初恋を端緒に、膨大な数の女を好きになりはしたが、どの恋も成就しなかった。どれだけ誠意をもってアプローチしても、「身の程知らず」と冷ややかな視線しか投げてよこさなかったのは、おまえら女たちなのだ。

かくなるうえは……。

結婚を餌《えさ》に、その肉体だけをじっくり味わわせてもらうまでだった。断っておくが、こちらが用意している武器は、整形手術で手に入れた男前の顔だけではない。他にも女を惑わす秘密兵器が多々ある。相手が誰であろうとも、波状攻撃を仕掛ける準備は万端に整っているのだ。

「さてと……」

個室で旅装をといた欣一は、一階のリビングにおりていくことにした。食事は全員海の家ですませていたが、お茶やアルコールが用意されているらしい。

『別荘でのフリータイムは、なるべくリビングで過ごしてください。礼節を保ちつつ、でもなるべく気さくに声をかけあいましょう』

司会進行係のマジカル直也は繰り返し言っていたが、そんなことは当たり前の話だった。異性と知りあうための婚活合宿に参加して、部屋に閉じこもっている馬鹿がどこにいるのか？

（おおっ、いるいる……）

一階のリビングにおりていくと、参加者の姿が見えた。どうやら欣一以外はとうにここにいたようで、グラスを片手に男女入り乱れて談笑している。なにしろ初日だから、みんな気合いが入っているらしい。

出遅れた格好になった欣一だったが、焦る必要はなかった。海の家で食事をしたとき、女性陣全員に挨拶はすませているし、最初のターゲットもそのときに決めていた。

二宮里穂《にのみやりほ》、二十四歳――五人いる女の中でいちばん若い。さらに、容姿だけなら粒ぞろいの女性参加者の中でも、一、二位を争う可愛らしさだ。美人タイプは他にもいるが、白いワンピースがよく似合う里穂は、清潔感や透明感が群を抜いている。

栗色の長い髪に、卵形の小さな顔。眼はぱっちりと大きく、びっくりするほど睫毛《まつげ》が長い。やや低めの鼻もむしろチャームポイントで、唇はサクランボのように赤く、見るからにプリプリしている。

里穂をひと目見た瞬間、欣一の腹は決まった。彼女こそ、自分の童貞を捧げるのに相応しい相手だと……。

男は十代のとき、初体験の相手について妄想を逞《たくま》しくするものだ。若いころの欣一は、ちょっと年上のお姉さんタイプがよかった。もちろん、色事のあれこれを手取り足取り教えてくれそうだからである。

だが、齢《よわい》三十五にもなってしまうと、ちょっと年上だと熟女になってしまう。熟女が嫌いというわけではなく、むしろ大好きなのだが、初体験となるとやはり、若さあふれる可愛いタイプと甘酸っぱいセックスがしたい。

「あのう、ちょっといいですか?」

欣一はツカツカと里穂に近づいていき、

「ツーショットトーク、お願いしてもいいですかね?」

Vサインをつくって笑いかけた。

里穂は女性参加者のひとりとグラスを片手に談笑していたのだが、彼女と眼を見合わせてから、こわばった顔でうなずいた。この婚活合宿には、異性の参加者と原則一度はツーショットにならなければいけないというルールがある。一度に限り、誘われたら断れないのだ。

とはいえ、欣一が初日からその権利を行使したことに里穂も、彼女と一緒にいた女も驚きを隠せないようだった。「積極的……」という心の声が聞こえてきそうだった。

その別荘のリビングは小学校の教室ほどの広さがあり、あちこちにソファや長椅子が置かれていた。

欣一は誰もいない部屋の隅に里穂をうながし、ソファに並んで腰をおろした。

「すいませんね、お話し中のところ邪魔しちゃって」

照れ笑いを浮かべながら軽く謝ると、

「いいんです。べつに込みいった話をしたわけじゃないし」

里穂も照れ笑いを浮かべて答えた。誘われたことが満更でもないようだった。なにしろ、ツーショット権を行使された最初の女性参加者になるわけだし、こちらは苦み走ったいい男なのだ。

「里穂さん、って呼んでもいいですか？」

「ええ」

「二子玉川《ふたこたまがわ》のドーナツショップで働いているとか……」

参加者のプロフィールはあらかじめ情報開示されている。里穂は静岡県の出身で、現在は世田谷《せたがや》区在住。高校卒業後に上京し、様々なバイトに従事しつつ、出会いを求めていたようだがなかなかうまくいかず……。

「ドーナツ屋さんは、まだ二カ月目なんですけど……」

里穂は悪戯っぽく舌を出した。

「でも気に入ってるから、今度は長く続けたいなって」

嘘つけ！　と欣一は胸底で吐き捨てた。正社員への道を模索したり、ひとつのバイト先に腰が落ち着かないのは、いずれ結婚して専業主婦になってやろうという目論見があるからに決まっている。

その証拠に、相手に望む年収は八百万――二十四歳の小娘が夢を見すぎだと思わなくもないが、自分を安売りしないところはよしとしよう。彼女はたしかに容姿が可愛い。こんな女が毎日エプロン姿で迎えてくれるなら、馬車馬のように働いたってかまわないという男だって少なくないだろう。

「ズバリ言います」

欣一は低く、けれども力を込めた声で言った。

「ひと目惚れしました」

「えっ……」

里穂が絶句したので、欣一はたたみかけていく。

「単刀直入にうかがいますけど、どういうタイプの男が好きなんですか？」

「それは……」

里穂は少し口ごもってから言った。

「わたしけっこうぼんやりさんなんで、年上のしっかりした人がいいかなって。ひとまわりくらい上でも全然大丈夫です」

欣一は内心でニヤリと笑った。二十四歳のひとまわり上は三十六歳。欣一は三十五歳だから、ストライクゾーンに入っている。

「でもその……」

里穂は気まずげに眼を泳がせた。

「北条さんのお仕事って、アーバンイーツなんですよね？」

「はい、そうです」

欣一は笑顔で胸を張った。アーバンイーツとは、オンラインで食事をオーダーできる配達プラットフォームで、ここでは配達員を指す。里穂が気まずげなのは、アルバイトじみた仕事だけで、経済的に家庭を維持できるかどうか不安だからだろう。

「でもまあ僕の場合、アーバンイーツは趣味というか、自転車漕いで健康維持をするためというか、収入の柱じゃないんですよねえ……」

意味ありげな口調で言うと、

「なにか本業があるんですか？」

里穂は眼を輝かせて身を乗りだしてきた。

欣一の胸は躍った。里穂のリアクションが、経済的な不安はあるものの、それ以外では好感をもっている、というふうに受けとれたからだ。五年もの歳月と七百万近い金をかけ、整形手術をした甲斐があったというものだ。どうやら最初のハードルは、しっかりクリアできたようである。

「あのですね……」

欣一は声をひそめて里穂にささやいた。

「ここだけの話ですよ。他の参加者には黙っててください」

コクン、と里穂はうなずいた。

「実は僕、働かなくても食っていけるんですよ。死んだ親が港区にけっこうな土地を残してくれましてね。それを財閥系の大企業に貸してるから、黙ってても毎月金が振りこまれてくるんです」

「地主さん、なんですか？」

「まあ、そうです。ほら……」

欣一はポケットからスマホを取りだし、里穂に画面を見せた。ネットバンキングの入出金明細だ。残高には五億数千万……。

桁を数えた里穂がハッと息を呑み、口に手をあてた。驚愕のあまり、大きな眼を真ん丸に見開いている。

（いいね、いいね。予想通りのリアクションだよ……）

欣一は内心で笑いがとまらなかった。ちょっと前まで、睡眠時間を削ってバイトを掛けもちしていた自分が、億単位の金なんてもっているわけがない。ネットバンキングの入出金明細は偽物だ。スマホのフェイク画面なんて、通帳の現物を偽造するよりずっと簡単につくることができる。

時間と金をかけて男前の顔に変身した欣一だったが、それだけで女にモテまくり、やりまくれるようになれるとは思っていなかった。

顔のよさはあくまで、第一印象をよくするための餌である。それにきっちり食いつかせてからつく嘘は、しょぼくれた容姿をしていた時代につく嘘とは重みが違う。絶対に引っかかる。

街場や路上であればその限りではないかもしれないが、ここは婚活合宿なのである。女が結婚に求める条件は、経済的な安定——はっきり言って金だ。しかし、それを前面に出すと男に嫌われることを女は本能的に知っているし、金だけに釣られて結婚するというのも、見栄やプライドが許さない。

そこで欣一は、整形手術と嘘の二段構えで罠を張った。どうやらうまくいったようだった。

里穂の顔がピンク色に染まっているのは、酒のせいではない。彼女が持っているグラスからは、炭酸ジュースの甘い匂いが漂ってくる。酒に酔っているのではなく、欣一のアプローチに酔っているのだ。欣一とともに歩む将来に、輝かしい光を見ている。

3

部屋に移動した。

「話の続きは別のところでしませんか？　僕、個室ですから……」

そう耳打ちすると、里穂は黙ってついてきた。

(可愛い顔をしていたって……)

個室に移動してなにが始まるのか、わかっていないはずはなかった。二十四歳ともなれば、セックスの経験くらいはあるに違いない。女が結婚に経済的な安定を求めるように、男が女になにを求めるのか理解して、覚悟を決めているはずだった。

「里穂さん……」

部屋の扉を閉めると、欣一は里穂に身を寄せていき、腰を抱いた。彼女の栗色の髪からは、いい匂いがした。その匂いだけで勃起してしまったので、顔が熱くなってくる。

「あっ、あのっ……」

里穂は身をこわばらせ、すがるような眼を向けてきた。

「わたしを選んでもらえるんですか？」

「もちろんそのつもりです。合宿の最終日に僕が指名するのは、九割方あなたでしょう」

「九割方、ですか？」

「はい……」

欣一はうなずき、まじまじと里穂を見つめた。

「残りの一割は……わかりますよね？　これから確認させていただきたい」

なにをですか？　と里穂は訊ねてこなかった。黙ってうつむき、胸に手をあてて深呼吸をする。

若くても、彼女は頭が悪くないようだった。こういう状況で男が確認したいのは、裸身の魅力であり、体の相性であり、そのためにはセックスをしなければならない——。

欣一は、下を向いている里穂の顎に指を添え、上を向かせた。ドラマに出てくるイケメンのようにカッコいいキスをしようとしたのだが、里穂は欣一の手から逃れるようにその場にしゃがみこんでしまった。

「なっ、なに？　どうかした？」

戸惑う欣一をよそに、里穂はカチャカチャと音をたてて欣一のベルトをはずしはじめた。さらにズボンのボタンもはずし、ファスナーまでおろすと、ブリーフごとズボンをめくりさげた。

「なっ、なにをっ……」

あわてる欣一の股間で、勃起しきった男根が唸《うな》りをあげて反り返った。裏側をすっかり里穂に向け、臍《へそ》を叩く勢いで隆起している。自分でも恥ずかしくなるような勃《た》ちっぷりだ。

「むうっ……」

男根の裏に生温かい吐息を感じ、欣一は身悶《みもだ》えた。女の吐息だった。それも、可愛い二十四歳の……。

里穂は股間に手を伸ばしてくると、反り返っている肉棒の根元にそっと指をからませ、嚙みしめるように言った。

「硬い……それにすごく熱い……ズキズキしてる……」

当たり前じゃないか！　と欣一は胸底で叫んだ。この世に生まれて三十五年、いま初めて異性の眼に性器をさらしたのである。その指先で触れられたのも初めてなのだから、脈動を打つほど興奮するに決まっている。

「おおおっ……」

すりっ、すりっ、と里穂が根元をしごきはじめると、身をよじってしまった。恥ずかしいので我慢しようとしたが、無理だった。それにしても可愛い顔をして、なんていやらしい手つきなのか？

（まさか、こう見えてやりまんなのか？）

童貞をこじらせている三十五歳が考えることは、自分でも哀しくなるくらい卑屈だった。里穂ほど可愛い容姿をしていればモテないはずがなく、ということは恋愛経験だってそれなりにあるに決まっている。男性器の扱いくらい、心得ていないほうがおかしいのだ。

実際、里穂は軽やかな手つきで根元をしごいてくる。握っているわけではなく指を添えているだけだし、しごくピッチもスローだから自分でするよりはるかに刺激は弱かったけれど、何十倍も気持ちいい。

「あっ、なんか濡れてきた……」

きゅうと眉根を寄せた里穂が、亀頭の先端をじっと見つめた。鈴口《すずぐち》から先走り液があふれ、テラテラと光っている。お漏らししているようで恥ずかしくなり、欣一の顔は熱く燃えあがったが、里穂はそこに口づけをし、チュッと音をたてて吸ってきた。

「ぬおおおおおーっ！」

欣一は野太い声をあげて腰を反らせた。サクランボのようにプリプリしている里穂の唇を、亀頭の先端で感じてしまった。まだキスもしていないのに……。

（いったいどういうつもりなんだ？）

戸惑うばかりの欣一をよそに、里穂は唇をOの字にひろげると、亀頭をぱっくりと咥えこんできた。鼻の下を伸ばした顔が、衝撃的に卑猥《ひわい》だった。

「……ぐぐっ！」

欣一はもう、声を出すこともできなかった。ヌメヌメした生温かい口内粘膜の感触が、この世のものとは思えないほど気持ちよかったし、男根を咥えたことで里穂の可愛い顔がいやらしいほど歪んだからだ。

「ぅんんっ……ぅんんっ……」

里穂が唇をスライドさせはじめる。口がそれほど大きくないし、まだ遠慮しているのかもしれないが、根元まで咥えてくることはなく、上半分のところで唇をすべらせてきた。

だが、フェラチオ初体験の三十五歳には、それで充分だった。男根の上半分には、男がいちばん感じるカリのくびれがある。そこをつるつるした唇の裏側でこすられると、腰は限界まで反り返り、首に筋を浮かべずにはいられない。

「気持ちいいですか？」

里穂が上眼遣いでこちらを見た。

「あっ、ああ……」

欣一は首に筋を浮かべながらうなずいた。

「きっ、気持ちいいよ、とっても……」

「嬉しい」

里穂は嚙みしめるように言い、

「わたしを選びたくなりました？」

「あっ、ああ……いまのところ、九割……五分……」

「やった、九十五パーセントですね。わたしを選んでくれたら、毎晩だってこんなことしてあげますから……」

「ぬおおおおおおーっ！」

もう一度ぱっくりと亀頭を咥えこまれると、欣一は仁王立ちのまましたたかにのけぞった。

（自信が、あったんだな……）

キスをする前に即フェラをするなんて、ハレンチガールの誹《そし》りを受けてもしかたがないような振る舞いだった。それでも里穂は、なにをおいても自分のフェラを味わってもらいたかったのだろう。いちばん自信のあるプレイでこちらを魅了し、わたしを選んで！　とアピールしたかったのだ。

その証拠に、亀頭を咥え直した里穂は、ギアを一段あげてきた。「ぅんっ……

うんんっ……」と鼻息を可憐にはずませて、男根をしゃぶりあげてきた。咥える深さは相変わらず半分くらいだったけれど、唇をスライドさせるピッチがあがり、吸引力が強くなった。

（こっ、これはまさか……バキュームフェラ？）

あとから考えれば、それほど痛烈に吸引されたわけではないし、フェラ自体も特別うまいわけではなく、年相応といった感じだった。

それでも、三十五歳にして生まれて初めて性器を異性にしゃぶられた欣一には、強烈な快感だった。なんというか、男根を覆っている透明な薄膜を、ペロリ、ペロリ、と一枚一枚剝《は》がされて、ひりひりする剝《む》き身をしゃぶられているようなのだ。気持ちがよすぎて頭がどうにかなりそうで、気がつけば腰をくねらせる滑稽なダンスを踊っていた。

（まっ、まずいっ……まずいぞっ……）

男根の芯に甘い疼《うず》きを感じ、全身から冷や汗が噴きだしてきた。女漁りの初陣を飾るにあたり、セックスのイロハはひと通り学んだつもりだった。間違っても童貞を見破られるわけにはいかないし、どうせ女を抱くのなら相手をひいひい言わせたい。風俗に頼ったりせず、あくまで独学だが、できる準備はなんでもしてきた。

おかげで、セックスに挑む自信はそれなりについていたのだが、それがガラガラと音をたてて崩れ落ちていくようだった。座学でいくら学んだところで、実践となれば想定外のことが起きる。フェラに対する憧れはあっても、まさかここまで気持ちがいいとは、夢にも思っていなかった。

さらに想定外だったのは、射精をコントロールできないことだ。まずい、と思った次の瞬間、仁王立ちになっている全身がこわばり、怖いくらいに震えはじめた。「ぅんんっ！　ぅんんっ！」とまた鼻息をはずませて、里穂は男根を吸いたてている。鼻の下を伸ばした顔もいやらしく、はちきれんばかりに勃起した肉棒をしゃぶりまわしてくる。

射精欲を抑える手立てをもたない童貞は、為《な》す術《すべ》もなく腰を反らせた。ふたつの拳を握りしめ、泣きそうな顔で天を仰いだ。このままでは暴発——三十五歳の苦み走ったいい男のイメージが崩れることは必至だった。それでも我慢できない。射精の衝動を抑えきれない。

「でっ、出るっ！　出ちゃうっ！」

できることなら、口内で発射などしたくなかった。しかし、もはや欣一には、逃げることはおろか、フェラをやめてくれと頼む余裕さえなくなっていた。

「ぅんんっ！　うんんんーっ！」

里穂が唇をスライドさせるピッチをあげた。そうしつつ、上眼遣いでこちらを見た。言葉を交わさなくても、彼女のメッセージは伝わってきた。

——出してもいいよ。

「ぬっ、ぬおおおおおおおおーっ！」

雄叫《おたけ》びをあげた瞬間、ドクンッ、と下半身で爆発が起こった。オナニーでは経験したことがないような衝撃的な快感が五体を打ちのめし、恥ずかしいほど身をよじった。里穂の口内にドクドクと男の精を注ぎこんでいる間、脳味噌がピンク色に染まっているようだった。

4

シャワーを浴びてバスルームから戻った欣一は、コホンとひとつ咳払いをした。バスローブなどないから、バスタオルを腰に巻いていた。先にシャワーを浴びた里穂も、ベッドに座って胸にバスタオルを巻いている。

「あっ、ありがとう……」

眼を合わせずに言った。

「あまりにも気持ちよかったから、うっかり出してしまった……ふっ、普段はこんなことはないんだ。あり得ない話なんだけど……」

普段もなにも、初めてフェラチオを経験したのだから、我ながら苦しすぎる言い訳だと思った。

しかし、里穂は、

「そんなに恐縮しないでください……」

可愛い顔にたおやかな笑みを浮かべ、クスクスと笑った。

「わたし、嬉しかったですから……北条さんが気持ちいいと思ってくれてるんだって、実感できて……」

「北条さんなんて、他人行儀な呼び方はやめてくれよ」

欣一はベッドにあがり、里穂に身を寄せていった。里穂は女の子座りをしていたが、上体を倒してふたりで横になる。

「僕たちはもう、他人じゃない」

まっすぐに眼を見てささやくと、里穂は嬉しそうに眼尻を垂らした。蕩《とろ》けるような表情、というやつである。

「ファーストネームを呼んでくれないか？」

「……欣一さん」

蚊の鳴くような声で里穂が言い、

「ああっ、里穂ちゃんっ！」

欣一は叫ぶように返し、彼女を抱きしめた。里穂もしがみついてくる。顔と顔とが接近し、唇と唇が自然と吸い寄せられていく。

「……ぅんんっ！」

三十五歳まで童貞だった欣一は、キスをしたのもまた、これが初めてだった。先ほどまで自分のイチモツをしゃぶりまわしていた唇だと思うといささか複雑な気分だったが、里穂のプリプリした肉感的な唇は、それを吹き飛ばすくらい夢見心地にさせてくれた。

（燃えるじゃないか！　キスってこんなに興奮するものだったのか……）

胸底でつぶやきながら、舌を差しだしていく。ねちゃねちゃと下品な音をたてて舌と舌とをからめあわせれば、ますます興奮しきっていき、バスタオルに隠した股間が熱くなっていく。つい先ほど会心の口内射精を遂げたばかりなのに、痛いくらいに勃起してしまう。

「あんっ！」

里穂がビクンッとして唇を離した。欣一の右手が彼女の胸をまさぐりはじめたからだった。バスタオルに包まれたふくらみは、シャワーを浴びたあとのせいかほんのりと温かく、想像以上に量感があった。

(もしかして……巨乳？)

服を着ていたときはそれほど大きく見えなかったが、いま手のひらに伝わってくる丸みはビッグサイズに感じられる。もっとも、たとえバスタオル越しでも女の胸をまさぐったことなど初めてだったので、他と比較のしようがない。

「んんっ……んんんんーっ！」

ぐいぐいと揉みしだくほどに、里穂の顔はピンク色に染まっていった。顔立ちは可愛らしくても、若メスの色香をにわかに振りまきだし、男心を揺さぶってくる。

欣一は思いきって、バスタオルをとめている部分をはずした。左右にはらりと落ち、たわわに実ったふたつの胸のふくらみが恥ずかしげに姿を現した。

「やんっ！」

里穂はすかさず両手で隠したが、欣一の眼には焼きついていた。揺れるとタプタプと音がしそうな量感、全体に比例して大きめな乳輪、けれども色は素肌に溶けこみそうな淡い桜色で、中心の突起だけがほのかに赤味を帯びている……。

（やっ、やっぱり、巨乳だったか……）

欣一は「おっぱい星人」を自称するような、乳房の大きさに固執している男ではない。それでも一瞬、圧倒された。ボリューム満点な胸のふくらみには、男の本能に訴えてくるなにかがあるらしい。

「すっ、素敵だよ……」

精いっぱい格好をつけつつ、巨乳を隠している里穂の手をどけていく。彼女にしても、本気で見られたくないわけがないので、抵抗はほとんどなく、生身の巨乳が露《あら》わになる。

（すっ、すげえ……）

欣一はごくりと生唾を呑みこんでから、隆起に手を伸ばしていった。あお向けになっているのに型崩れせず、それどころか天に向かって迫《せ》りだしている姿は威風堂々とさえしていた。生身の乳房に初めて触れる欣一は、恐るおそる裾野に手のひらをあてがった。しっとりつやつやしている素肌の感触に感嘆しつつ撫でさすり、遠慮がちに女の体の丸みを味わう。

「んんんっ……んんんんっ……」

　里穂は長い睫毛を伏せ、眼の下を紅潮させて恥ずかしがっている。羞《は》じらい深い雰囲気が、たまらなくそそる。

「もっ、揉んでもいい？」

　上ずった声で訊ねると、里穂がコクンとうなずいたので、欣一は彼女に馬乗りになった。ふたつのふくらみを両手で裾野からすくいあげ、やわやわと指を食いこませる。素肌はしっとりつやつやだし、乳肉は柔らかいのに若々しい弾力があって、一瞬にして魅了されてしまう。

「むうう……」

　乳首を舐めようと顔を近づけていけば、興奮しすぎて勢いあまり、白い乳肉にむぎゅっと顔が埋まった。たまらない感触に身震いしつつ、欣一は気を取り直して舌を伸ばしていく。淡い桜色の乳輪を、輪郭をなぞるように舌先を這わせる。さらに、むくむくと突起してきた中心を舐めると、

「ああんっ！」

　里穂が頭を抱きしめてきたので、欣一の顔は再び白い乳肉にむぎゅっと埋まった。シャワーを浴びたせいか、あるいは興奮しているのか、胸の谷間が汗ばんで

いた。

（たっ、たまらないっ……たまらないよっ……）

欣一は夢中になって、ふたつの胸のふくらみと戯《たわむ》れた。おっぱい星人ではないつもりでも、巨乳は男を激しく興奮させる。わしわしと裾野を揉みしだき、チロチロと乳首を舐め転がしていると、おっぱい星人になってもいいような気さえしてくる。

「ああああっ……はぁあああっ……」

欣一の愛撫が熱を帯びていくと、里穂の反応も激しくなってきた。息をはずませ、甲高《かんだか》いあえぎ声を振りまいて、淫《みだ》りがましく身をよじる。欣一は彼女に馬乗りになっているから、股間の下で女体がもじもじ動く。イチモツはすでに、痛いくらいに勃起している。そんなふうに刺激されると、いても立ってもいられない気分になってくる。

（いっ、入れたいっ！　早く彼女を貫いて、三十五年間付き合ってきた童貞とおさらばしたいっ！）

胸底で絶叫してみても、そういうわけにはいかなかった。欣一はまだ、里穂の乳房しか愛撫していないのだ。

結合のためには女性器を濡らさなければならず、女性器を濡らすためには愛撫が必須である。やり方は大きく二種類――手マンとクンニリングスだ。

童貞とはいえ、欣一はどちらの愛撫にもそれなりに自信があった。様々な種類のオナホールを買い求め、日夜鍛錬に励んでいたからである。腱鞘炎《けんしょうえん》になりそうなほど手マンの練習に励んだこともあれば、顔中をローションまみれにしてクンニの研究にも勤《いそ》しんだ。

もちろん、相手がオナホールでは反応がないから正解がわからない。それでもただの童貞とはわけが違う。指も舌も、そんじょそこらの三十五歳より動くはずだし、根気強さも培《つちか》われた。

（まずは手マン、というのがスマートそうだけど……）

里穂の股間を手指でいじるためには、もう一度添い寝の格好にならなければならないし、どうせ場所を変えるのなら、ちょっと後退《あとずさ》れば里穂の両脚の間に陣取れる。クンニのためのポジションを、とることができるわけだ。

舐めたかった。

里穂のいちばん恥ずかしいところを至近距離からまじまじと眺め、匂いを嗅いだり、味わったりしたいという衝動が、欣一の体を突き動かしたが……。

「待ってください！」

後退ろうとする欣一の腕を、里穂がつかんできた。

「なっ、なにをするんですか？」

「あっ、いや……クンニ？」

欣一はつい、疑問形のイントネーションで答えてしまった。

「それはっ……」

里穂がすがるような眼を向けてくる。

「それは苦手なんで許してください」

一瞬、気まずい沈黙が訪れ、

「……それじゃあ手マン？」

欣一が上眼遣いでうかがうように言うと、

「いえ……」

里穂は上体を起こした。と同時に、バスタオルを完全に取ってしまったので、
股間に茂った草むらが見えた。黒い逆三角形だ。可愛い顔に似合わずけっこうな
剛毛なのが、逆にエロティックだった。

「大丈夫です」

里穂はまなじりを決して言った。

「えっ？　なにが？」

「わたしもう、濡れてると思うんで……」

里穂は欣一をあお向けにさせると、その上にまたがってきた。騎乗位の体勢である。

（さっ、さっきのフェラといい……）

若いのにずいぶんと大胆にして積極的だと、欣一は啞然とした。

「ごめんなさい……」

里穂は泣き笑いのような顔で言った。

「わたし、自分が上になったほうが気持ちいいから……ダメですか？」

「いや、いいけど……」

欣一は戸惑いつつもうなずいた。なにしろこちらは童貞なので、騎乗位で初体験を迎えられるのは望外の喜び、と言っていいかもしれない。

手マンやクンニ同様、様々な体位での結合や、ひとつになってからの腰使いなども、安いラブドールを相手に練習を重ねてきたが、相手にまかせられるならそれに越したことはない。

5

欣一にまたがった里穂は、少し腰を浮かせると、右手を自分の股間に伸ばしていった。

「……やっぱり濡れてます」

茶目っ気たっぷりに笑ったが、その笑顔はとびきりエロかった。自分で自分の陰部をまさぐり、興奮していることを宣言しているのだから、いやらしいに決まっている。

里穂は腰を浮かせたまま、勃起しきった男根に手を添えた。角度を合わせて、切っ先を濡れた花園に導いていく。

「むううっ……」

亀頭がヌルリとこすれると、欣一の息はとまった。いよいよだった。ついにこれから、童貞を捨てて男になれるのである。

「いっ、いきます……」

里穂は大きく息を吸いこみ、腰を落としてきた。亀頭が割れ目に埋まり、そのままずぶずぶと呑みこまれていく。

欣一は、なんのリアクションもとれなかった。あお向けになった体をカチンコチンに硬直させ、カッと眼を見開いていた。里穂の陰毛が濃すぎるので、それに隠れて結合部はよく見えなかったが、かまっていられなかった。

「あああっ……」

里穂は最後まで腰を落としきると、ぶるっと身震いした。すると、前方に迫りだしている巨乳もプルンッと揺れはずんだ。いやらしすぎる光景だったが、それでも欣一は動けなかった。

「すっ、すんごい大きいですね……」

眼の下を紅潮させた里穂は、顔をそむけて言った。

「こんなに大きいオチンチン、わたし、初めてです……」

お世辞かもしれないと思ったが、それでも欣一は小躍りしたくなった。イチモツを褒められて嬉しくない男はいないし、ましてや欣一は、これが異性とまぐわう初めての体験なのだ。

「あぁんっ……」

里穂はせつなげに眉根を寄せつつ、腰を動かしはじめた。最初はひどく遠慮がちだった。ＡＶで観るような激しい腰振りを予想していた欣一は、少し拍子抜けした。

とはいえ、童貞の男根には充分に刺激的だった。肉穴の締まりは、自分の手指で握るよりずっと微弱でも、内側のヌメヌメした肉ひだがぴったりと吸いついてきて、手指とは比べものにならないいやらしい感触がした。少しゆるいような気もしたが、意識を集中しているとじわじわと快感があがっていった。

なにより、見た目が悩殺的だった。

里穂は背筋を伸ばして胸を張り、つまり巨乳を突きだすようにして、腰を動かしていた。里穂が動けば、巨乳も揺れた。結合部はよく見えないものの、二十四歳の若メスがみずから男根を咥えこみ、腰を動かしている姿に、興奮せずにはいられなかった。

「あああっ……きっ、気持ちいいっ！」

里穂は迸《ほとばし》るような声で言うと、腰振りのギアを一段あげた。股間を前後にスライドさせるピッチを速め、ハアハアと息をはずませた。腰振りのピッチが速まれば、必然的に巨乳の揺れ方も大きくなり、タプンッ、タプンッ、と音がしそうな勢いで隆起が上下しはじめた。

（さっ、触りたいっ……おっぱい揉みたいっ……）

それまで金縛りに遭ったように動けなかった欣一だが、欲望に突き動かされて両手を巨乳に伸ばしていった。しかし、いやらしいくらいに揺れはずんでいるそれを揉みしだくことはできなかった。里穂も両手を伸ばしてきて、手を繋いできたからである。指と指を交差させる恋人繋ぎで、しっかりと……。

「あぁあああぁーっ！」

眉根を寄せてあえぐ里穂は苦しげな表情をしていたが、手を繋いだ瞬間、歓喜が伝わってきた。手を繋いでセックスできることに、幸せでも感じているようだった。

そうなると、彼女の手を振り払って巨乳を揉みしだくわけにもいかない。里穂は欣一の手をつかんでバランスをとりながら、さらに腰振りのピッチを速めていく。

「はっ、はぁあああぁーっ！」

クイックイッ、クイックイッ、と股間をしゃくるような動きで、リズムに乗っていく。ずちゅぐちゅっ、ずちゅぐちゅっ、という粘っこい肉ずれ音が、耳からではなく性器を通じて伝わってくる。

（たっ、たまらんっ……）

興奮と快感に翻弄《ほんろう》され、欣一の顔から熱い汗が噴きだす。じっとしているのがつらくなり、動きたかったが動き方がわからない。

一方の里穂も、たまらないようだった。股間をしゃくる動きは熱を帯びていくばかりだし、巨乳の揺れはずみ方も尋常ではなくなってる。あまりに激しく上下に動くので、乳首がよく見えない。可愛い顔も真っ赤に染まり、くしゃくしゃに歪みきっている。

「ああっ、いやっ！　いやいやいやいやあああぁーっ！」

切羽《せっぱ》つまった声をあげた。

「イッ、イッちゃうっ！　わたしもう、イッちゃいますううーっ！」

女の絶頂——それに導くことはあまねく男の夢であり、目指すところでもあるだろう。欣一もできることなら女をイカせてみたかったが、自信はなかった。婚活合宿で女を食いまくるうち、ひとりくらいはなんとかなるかもしれないと、淡い期待を胸に抱いていたのだが……。

それがまさか、最初のひとり、最年少の里穂を相手に経験できるとは、なんという幸運なのだろう。

「はっ、はぁあああーっ！　イッ、イクッ！　イッちゃうっ、イッちゃうっ、イッちゃううううーっ！」

ビクンッ、ビクンッ、と腰を跳ねさせて、里穂はオルガスムスに駆けあがっていった。夢を叶えたはずなのに、欣一は固唾を呑んで見守っていることしかできなかった。

自分の力量でイカせたわけではなく、里穂が勝手に腰を振り、勝手にイッたからだろう。女を絶頂に導いた実感は乏しく、けれども興奮だけは高まっていく。

「あああっ……はぁあああっ……」

恍惚《こうこつ》の彼方にゆき果てていく里穂の姿はあられもなく、圧倒されるほどいやらしかった。しかも、ぶるぶるっ、ぶるぶるっ、というアクメの痙攣《けいれん》が、繋がった性器を通じて伝わってくる。男根をそんなふうに刺激され、興奮せずにいられようか。

（なっ、なんて気持ちいいんだよっ！）

先ほど口内射精をしていなければ、欣一はこの段階で果てていただろう。十一歳も年下の女にフェラをされ、為す術もなく暴発してしまった事実は顔から火が出そうなほど恥ずかしいが、出しておいてよかった。

「あああああっ……はぁあああっ……」

イキきった里穂は、上体をこちらに預けてきた。驚くほど熱く火照《ほて》った女体を欣一に覆い被せ、両手の恋人繋ぎをほどいてしがみついてくる。まだ余韻がおさまらないらしく、彼女の体は小刻みに震えている。

「ごっ、ごめんなさいっ……わたしばっかり、先にっ……」

ハアハアと息をはずませながら言われ、

「だっ、大丈夫だよ……」

欣一は汗ばんだ背中をさすりながら返した。

「里穂ちゃんが気持ちよくなってくれると、僕も嬉しいから……」

「……本当？」

里穂は少しだけ上体を起こし、こちらの顔をのぞきこんできた。至近距離で視線がぶつかった。里穂の黒い瞳はうるうるに潤んで濃厚な色香を放ち、眼の下はいやらしいほど紅潮して、オルガスムスの余韻がありありと浮かんでいる。

「わたしも……欣一さんに、気持ちよくなってほしい……」

被せつなげに眉根を寄せてささやくと、腰を動かしてきた。上体をこちらに覆い被せているにもかかわらず、股間をしゃくるように、クイッ、クイッ、とリズムに乗りはじめる。

欣一は驚いた。絶頂に達したばかりの女は全身が敏感になっているから、少し休憩する必要がある——そう座学で学んでいたからだ。だが里穂は、おかまいなしに腰を使ってくる。動き方は激しくなかったが、性器と性器をねちっこくこすりあわされると、欣一は首にくっきりと筋を浮かべるしかない。

（おいおい……）

「ああああぁっ……」

里穂はこちらを見ながら、桃色のあえぎ声を撒き散らした。一度イッたせいなのか、眼つきがすっかりいやらしくなっていた。彼女は婚活合宿の参加者の中でもっとも若く、清潔感や透明感が際立つ二十四歳だ。にもかかわらず、いまだけは若メスの欲望ばかりが伝わってくる。

（俺より十一歳も年下なのに……）

これが初体験となる欣一は、圧倒されるしかなかった。圧倒されつつも、喜悦《きえつ》に身をよじらずにはいられない。

「ああぁっ……はぁああぁっ……はぁああぁっ……」

里穂はじわじわと腰使いのピッチをあげていった。まるで肉穴で男根をしゃぶられているような心地よさが、欣一の五体をきつくこわばらせる。ずぼっ、ずぼっ、という音さえ聞こえてきそうな感じで、女の割れ目をまるで唇のように自在に操る。さらに、たわわな巨乳をこちらの胸にむぎゅむぎゅと押しつけてくる芸当まで披露して……。

「むむっ……むむむっ……」

欣一は唸った。里穂の華麗なベッドテクには、舌を巻くしかなかった。騎乗位で男に上体を預けたままこれほど器用に腰を使い、巨乳アピールまでしてくるなんて、ベテランAV女優も裸足で逃げだすような床上手《とこじょうず》である。

「誤解しないでくださいね……」

淫りがましく腰を使いながら、里穂は泣きそうな顔で訴えてきた。

「わたし、エッチな子じゃないですから……間違っても、やりまんなんかじゃないですから……ただ、欣一さんに気持ちよくなってほしいだけ……本当言えばわたしも、欣一さんにひと目惚れしてたんですから……」

彼女の脳裏に、五億数千万の入出金明細がチラついてない、とは考えづらかった。むしろチラついている可能性のほうがはるかに高かったが、欣一は気にしないことにした。騙しているのはこちらだし、騙されているのは彼女である。込みいった事情はともかく、ふたりはいま、セックスをしている。こみあげてくる快楽と興奮に、身をよじりあっている。

「むうっ！」

コチョコチョと乳首を刺激され、欣一はしたたかにのけぞった。里穂は指腹だけではなく、爪まで使い、乳首を愛撫してきた。

男の乳首に性感帯があるとはあまり思っていなかったし、少なくとも自分には無縁だろうと考えていた。しかし、本人でも気づかない秘密の性感帯が、そこには眠っていたらしい。

（ちっ、乳首がっ……乳首がこんなに感じるなんてっ……）

硬い爪を使ってコチョコチョされると、さらに身をよじらずにはいられなかった。乳首の快感に連動して、男根がみるみるみなぎっていく実感があった。限界を超えて硬くなり、射精がしたくてたまらなくなってくる。

「おおおっ……おおおおっ……おおおおおっ……」

里穂の淫らな腰使いに合わせて、野太い声がもれてしまう。セックスをしながら声を出すなんて女みたいだと恥ずかしくなっても、こらえることができない。

「乳首、感じるんですね？」

ふふっ、と里穂は笑ったが、欣一には笑い返す余裕などなかった。こわばりきった顔からは、脂汗が大量に噴きだしていた。反撃とばかりに巨乳に手を伸ばし、わしわしと揉みしだいたところで、よけいに興奮して息が苦しくなっていく。

「まっ、まずいっ！　まずいぞっ！」

いまにも泣きだしそうな顔で里穂を見た。

「もっ、もう出そうだっ！　出ちゃいそうだっ！」

欣一はゴムをしない生挿入でセックスしていた。中出しをするわけにはいかないから、発射前に結合をとかなくてはならない。とはいえ、騎乗位で女にまたがられていては、これが初体験となる三十五歳はまごつくしかない。床上手な二十四歳に助けてもらうほかはない。

里穂の反応は素早かった。欣一の言葉にコクンとうなずくと、腰をあげて結合をといた。さらに、小動物のような俊敏さで添い寝するような体勢になり、自分の漏らした蜜でネトネトになった男根をしごきはじめた。

「おおおおおおーっ！」

欣一はブリッジしそうな勢いでのけぞった。生まれて初めて味わう肉穴のヌメヌメした感触は素晴らしく気持ちよかったが、手コキのほうがはるかに刺激が強かったからだ。

フェラのときはそうでもなかったのに、いまはこちらを射精に導こうとしているから、里穂は男根を思いきり握りしめている。すこすこっ、すこすこっ、と眼にもとまらぬピッチでしごいてくる。

「ああんっ、チュウして……」

おまけにキスしてくると、ねちっこく舌をからめてきた。フルピッチで男根をしごきつつ、唾液が糸を引くような口づけをし、さらには乳首まで舐めてくる。硬い爪でくすぐり倒した男の乳首を、今度はねちねちと舐め転がしては、チューッと音をたてて吸いたてる。

「おおおーっ！　ぬおおおおおおおーっ！」

たまらない快感の波状攻撃に、欣一は声をあげてのたうちまわった。里穂が乳首を甘嚙みまでしてくると、体の芯に電流じみた快感が走り抜けていった。男根は限界を超えて硬くみなぎり、次の瞬間、決壊の時が訪れた。

「でっ、出るっ！　もう出るううーっ！　おおおおおおーっ！　ぬおおおおおおおーっ！」

里穂の手のひらに包まれている男根が、ドクンッと震えた。欣一は弓なりに腰を反らせ、ドピュッと男の精を吐きだした。喜悦の涙で視界は曇っていたが、それでも、白濁した粘液が鈴口から勢いよく飛びだしたのが見えた。

「おおおおーっ！　おおおおおおおーっ！」

ドクンッ、ドクンッ、ドクンッ、ドクンッ、と射精は立てつづけに訪れた。里穂がしごくのをやめようとしないので、オナニーのときよりもずっと短い間隔で白濁液を放出した。

「出してっ、欣一さんっ！　もっと出してっ！　たくさん出してっ！」

「おおおおおっ……おおおおおおっ……」

欣一は熱い涙を流しながら射精を続けた。射精をしながら泣いてしまうなんて我ながら滑稽だったが、どうにもならなかった。

里穂がようやくしごくピッチをスローダウンさせ、男根から手を離すと、欣一はがっくりとうなだれて、ただ息をはずませるばかりになった。

第二章　高慢・バリキャリ・銀縁メガネ

1

翌朝――。

欣一はユニットバスの中で鏡と睨《にら》みあっていた。

「ちくしょう……歯が……俺の前歯が……」

欣一の前歯二本は入れ歯だった。ワンタッチで着脱可能だが、はずしたところを鏡で見ることは滅多にない。どんなに苦み走ったいい男でも、前歯が二本ない顔は間抜けである。そんな顔は自分でも見たくないし、間違っても女に見られたくない。

二十代の終わりに自転車で派手に転んで顔面を痛打し、折れてしまったのだ。整形手術をする際にインプラントにすることも考えたが、歯並びが悪いほうではなかったし、なによりそこまで予算をまわすことができなかった。

入れ歯とはいえほとんど目立たず、なにかの拍子にはずれることもなかったのでそのままにしておいたのだが、ゆうべはずれてしまった。それも、ちょっと考えられないような最悪のタイミングで……。

三十五歳にして童貞喪失を遂げた欣一は、ふわふわした雲の上でまどろんでいるような、最高の賢者タイムを嚙みしめていた。

里穂の騎乗位はまったくもっていやらしかったし、オルガスムスに達したあられもない姿も拝めたし、射精の快感は経験したことがないくらい衝撃的だった。最後は手コキだったが、ゴムを着けない生挿入ができたのだから膣外射精に文句はない。なにより里穂の手コキは気持ちよかった。射精をしながら野太い声をあげてしまうなんて、童貞時代には想像したことすらなかった。

「たくさん出たね……」

里穂はたおやかな笑みを浮かべながら、欣一の下半身に飛び散った精液をティッシュで拭《ぬぐ》ってくれた。それを丸めてゴミ箱に捨てると、添い寝してきた。欣一は彼女の肩を抱き、身を寄せあって呼吸を整えた。三十五年も生きてきたが、あれほど甘い時間を他に知らない。

「なんだい？」

里穂が脇腹をくすぐってきたので、欣一は身をよじった。

「おいおい、くすぐったいよ」

咎《とが》めるような口調で言っても、里穂はやめなかった。彼女はくすぐっていたわけではなかったのだ。脇腹に「すき」と人差し指で書いていた。

それに気づいた欣一は、胸が熱くなるのをどうすることもできなかった。

（いい子だな、本当に……）

二十四歳の若さにしてはいやらしすぎるのが気になるけれど、里穂は可愛いだけではなく、心根のやさしい女だった。いきなり仁王立ちフェラで奉仕してくるところには、いまどきの女が忘れてしまった大和撫子《やまとなでしこ》の精神を感じたし、騎乗位でまたがってきたのだって、彼女なりの気遣いに違いない。

（こんな子を嫁にできたら……）

とびきり充実した、幸福の極地と言っていい結婚生活を送れるのだろう。男が女に求めるものは、究極的にはセックスだけだ。家政婦じゃないのだから、家事なんて分担でいいし、なんならこちらが全部引き受ける。料理だけは自信がないが、いまの世の中にはアーバンイーツという便利なものがある。スマホをちょいちょいといじるだけで、好きな食べ物が即座に運ばれてくる。

（女性参加者全員を抱くとか、馬鹿なこと考えてないで、彼女にプロポーズしちゃおうか……）

一瞬、夢を見てしまった。賢者タイムというものは、実のところ男を愚かにするものだ。しかも、初体験を終えたあととなれば、頭の中はお花畑で蝶々がひらひら飛んでいる。冷静になって考えてみれば、里穂があれほど男を立てたセックスをしてくれたのは、欣一に膨大《ぼうだい》な資産があると思っているからなのに、そんなことはすっかり思考の外にあった。

「むむっ！」

夢のような気分が霧散したのは、里穂が下半身をまさぐってきたからだ。

「ふふっ、まだカチンカチンじゃないですか」

「あっ、いや……」

射精直後だというのに、たしかに男根は勃起を保ったままだった。精を吐きだしてすっきりするどころか、むしろ素晴らしすぎるセックスの記憶が欲情をうながし、萎《な》えることを許してくれない。

「こんなに硬いなら……もう一回してほしいな」

上眼遣いでおねだりされ、欣一の息はとまった。賢者タイムで意思が少々揺らいでしまったものの、こちらの当初の目標は、この婚活合宿の女性参加者全員とセックスすることだ。

なので、ひとりの女に何度も挑みかかるという発想がなかった。明日になれば、参加者は全員、海の家で働かなければならない。その体力を温存するためにも、ひとり一発ずつやれば充分だと思っていたのだが……。

「いいのかい?」

欣一は男前ぶった眼つきでささやいた。

「僕もちょうど、キミが欲しいと思っていたところなんだ。もう一度、キミとひとつになりたいと……」

「……嬉しい」

里穂は蕩けるような表情でうなずくと、

「今度は……前からしてほしいです」

恥ずかしそうにもじもじしながら返してきた。なるほど、二回戦は正常位がご所望か。

(いいじゃないか、いいじゃないか……)

騎乗位も最高に気持ちよかったけれど、セックスの基本はやはり正常位、男が上になって腰を振りたてる体位だろう。童貞を喪失したといっても、すべてが女まかせの騎乗位でしかやっていないというのでは、情けないものがある。自分が上になって初めて、「女を抱いた」と胸を張って言えるのではないだろうか？

「それじゃあ、今度は僕が上に……」

欣一はむくりと上体を起こした。自分がリードするセックスに不安はあれど、期待や興奮のほうがはるかに上まわっていた。実際、二度も射精しているのに、男根は硬く勃起したまま萎える気配もない。

「まだ濡れてると思いますから……」

里穂が気まずげな小声で言う。クンニはしなくていい、ということらしい。そこまで警戒しなくていいのに、と欣一は内心で苦笑しながら、彼女の両脚の間に腰をすべりこませた。体位のあれこれは、安いラブドールを相手に練習を重ねてきた。実践は初めてでも、すでに童貞ではない自信と相俟《あいま》って、うまくできそうな予感しかしない。

（うわあっ……）

里穂の両脚をＭ字に開くと、その光景に息を呑んだ。身も蓋もなく、卑猥で淫《いん》靡《び》でいやらしかった。彼女の草むらは黒々と濃いけれど、赤ん坊がおしめを替えられるときの格好にしてやれば、アーモンドピンクの花びらが見える。男の本能を直撃する色香に、思わず喉が鳴った。

「そっ、そんなに見ないでくださいっ……」

里穂が赤く染まった顔を両手で隠した。ブリッ子じみたそんな仕草も、可愛い彼女がやるとたまらなくそそる。

欣一は武者震いしながら、勃起しきった男根を握りしめた。手のひらにドクドクとはずむ脈動を感じつつ、切っ先をアーモンドピンクの花びらにあてがっていく。里穂が言っていた通り、花びらは充分に濡れていた。きっと奥までヌルヌルだろう。切っ先で割れ目を何度かなぞると、沈みこむような感触があり、入口の位置がわかった。

「いっ、いくよ……」

こわばった顔で声をかけると、里穂は両手で顔を覆ったままコクコクとうなずいた。欣一は大きく息を吸いこみ、腰を前に送りだした。しかし——入らない。そこに入口があるはずなのに、うまく結合できない。

(うっ、嘘だろっ……)

戸惑いが焦りを生み、体ごと里穂にぶつけるような感じで男根を入れようとした。何度やっても、どうにも入ることができない。

（なんでだ？　なんで入らない？）

あんぐりと口を開け、泣きそうな顔で全身をガクガク震わせていると、里穂の黒い草むらの上になにかが落ちた。

入れ歯だった。

なんの拍子にそうなったのかまったくわからなかったが、口からこぼれて落ちてしまったらしい。

欣一はパニックに陥りそうになった。これほど取り乱しそうな事態は、小学校の教室で粗相《そそう》をしてしまったとき以来かもしれない。

「……どうかしましたか？」

里穂が顔を隠していた両手をどけようとしたので、反射的に右手で口許《くちもと》を隠した。同時に左手で入れ歯を拾う。興奮に熱くなっていた顔が、みるみる冷たくなっていくのがわかる。

「いっ、いやその……なんというか……」

口許を手で隠したところで、絶体絶命のピンチは続いた。二本の前歯を失ったところから空気がもれる。

「すまないけど、今日はここまでにしようか」

「えっ？」

里穂はわけがわからないという顔をした。それもそのはずだ。彼女は両脚をＭ字に開いた恥ずかしすぎる格好で、いまかいまかと結合の瞬間を待ちわびていたのである。

「とにかく！」

欣一は声を荒《あら》らげ、ベッドからおりた。

「申し訳ないけど、自分の部屋に帰ってくれ」

「……わたし、なにか悪いことしましたか？」

「そうじゃない。急に具合が悪くなったんだ。薬飲んで寝ないと、明日のバイトに差し障るし……」

口から出まかせの、苦しい言い訳だった。里穂がものわかりのいい女でなかったら、さらなる窮地に追いこまれたはずだが、彼女はそそくさと服を着て部屋から出ていってくれた。

里穂が出ていっても、欣一のイチモツは勃起しきったままだった。自分でも恥ずかしくなるほど反り返り、先端に我慢汁までにじませていた。思わず右手で握りしめると、オナニーがしたくなった。もちろん、左手につかんだ入れ歯が、そんなことは許してくれなかったが……。

2

婚活合宿の参加者は、今日から海の家でバイトすることになっていた。

午前十時から午後五時まで――海の家自体は夜まで営業しており、闇から聞こえる潮騒《しおさい》をＢＧＭにアルコールを楽しむ客も少なくないらしいが、婚活合宿の参加者の目的は婚活である。異性の参加者と交流し、恋を育《はぐく》まなければ、なにしに来たのかわからない。

とはいえ……。

婚活合宿に海の家でのバイトが組みこまれているのは、なかなか面白い趣向だった。きびきび働く者と、まごまごしているばかりで役に立たない者がはっきり分かれ、もちろん前者の好感度はあがる。

男性参加者の中でいちばんテキパキ動いているのは欣一だった。しかしそれは、三十五歳までまともな就職をせずにバイトを転々とし、飲食店で働いた経験も多くあったからだ。一方、優秀な大学を出て、立派なビジネスマンになった連中に、接客の気遣いを求めるのは酷というものだった。彼らはおそらく、生まれて初めて配膳を経験したのだろう、なにをやっても手際が悪く、客に舌打ちをされていたりして、いささか気の毒だった。

女性参加者の中でいちばんしっかり働いているのは、藤本佳織《ふじもとかおり》――これはかなり意外だった。

女性参加者の中で最年長の三十四歳。六本木にあるＩＴ企業勤務で役職もち、昨日の顔合わせには濃紺のタイトスーツ姿で現れた。「わたしバリキャリですが、なにか？」と言わんばかりに――どう考えても、夏のビーチには場違いな格好だったが、すらりと背の高いモデルふうであり、可愛いタイプの多い女性参加者の中でひとり異彩を放っていた。

今日はさすがにスーツではなく、真っ白いシャツに黒のガウチョパンツ姿で働いていたが、他の女性参加者がアロハやＴシャツや短パンだったから、ひとりだけモノトーンでアダルトなムードを漂わせていた。なにも知らない人であれば、彼女がこの店のマネージャーに見えたかもしれない。

（美人だよな……）

欣一は手際よく配膳をこなしつつも、佳織が気になってしようがなかった。すらりとしたモデルふうなのに、これぞバリキャリの証とばかりに銀縁メガネをかけている。欣一は、メガネをかけていても綺麗な女は、本当の美人であると考えている。自分の手でメガネをはずし、素顔を拝んでやりたくなる。佳織ほど綺麗な女なら、メガネをはずしてやるときに、パンティをおろすような興奮が味わえそうだ。

（今夜のターゲットは、彼女だな……）

セックス中に抜けてしまった二本の前歯が気になったが、いまはしっかり口の中に収まっていた。昨日は馬鹿みたいに興奮したせいで何かの拍子に前歯が落ちてしまったけれど、その危険があるとわかっていれば防御方法もあるはずだ。なにより、安くないエントリー料を払っておいて、入れ歯が抜けたくらいで尻《しっ》尾《ぽ》を巻いて逃げだす気にはなれなかった。兎にも角にも童貞を捨てることには成功したわけだし、今夜もきっとうまくいく。いや、うまくいかせてみせる。

午後五時に海の家のバイトが終わり、別荘に戻った。

食事の準備は当番制で、今日の夕食は料理自慢の女が入っていた。おかげでリビングのテーブルには、鶏の丸焼きだの、ローストビーフだの、クリスマスか誕生日会のような料理がずらりと並んでいた。

芳《かぐわ》しい匂いが漂ってきて、見るからにうまそうだったが、欣一は夕食をキャンセルして自分の部屋に閉じこもった。肉なんかにかぶりついて、前歯が抜けてしまっては困るからである。栄養をとるだけならコンビニで買ってきたゼリー飲料で充分だと自分に言い聞かせ、みなが食事を終えるのを待った。

肉なんて、いずれ前歯を治してから好きなだけかぶりつけばいいのだ。一方、女たちとは一期一会。抱いて抱いて抱きまくらなくては、この合宿に参加した意味がない。

午後八時――夕食タイムが終わったころを見計らって、一階のリビングにおりていった。入っていくなり、今夜のターゲットである佳織が眼に飛びこんできた。彼女だけがひとり、いかにも値の張りそうなブルーのカクテルドレスに身を包んでいたからだった。

(頑張っちゃってるねえ……)

欣一は胸底で苦笑をもらすのを禁じ得なかった。佳織は美人だし、スタイルはモデル級だし、おそらく頭もよくて仕事もできるのだろうが、空気が読めないタイプらしい。

まわりがカジュアルにドレスダウンしている中、ひとりキメキメの格好でツンと鼻を上に向け、男に声をかけられるのを待っている姿ははっきり言って痛かったが、欣一にターゲットを変えるつもりはなかった。

彼女のようなタイプが好みだからではない。逆だ。整形手術をする前の欣一は、彼女のようなタイプにいじめ抜かれていた。美人であったり、バリキャリであることを鼻にかけている女は、婚活パーティではモテない。そういう場でモテるのは、美人度は多少さがっても、笑顔が可愛らしい愛嬌《あいきよう》満点の性格美人に決まっている。なんなら、いい歳してブリッ子している女のほうに男は集まりがちだから、佳織のようなタイプはいつだって苛々《いらいら》している。

欣一もまたモテなかったので、モテない同士仲よくしましょうという感じで声をかけると、

「はあ？　どうしてわたしが、あんたみたいな残念な男と話をしなくちゃならないのよ。見た目がその程度なら、年収が三千万くらいもあるのかしら？　身の程を知りなさい。あっち行って」

シッシと追い払われたことは、一度や二度ではなかった。こちらにしても気を

遣って声をかけたのに、男のプライドをズタズタにされた。

そう、つまりこれは復讐だった。美しい容姿やバリキャリを鼻にかけている高慢ちきな女に、世間の厳しさを教えてやらなければ気がすまない。

「ちょっといいですか？」

欣一は微笑を浮かべて佳織に近づいていった。彼女はひとりだった。ソファに座り、赤ワインが入ったグラスを傾けていた。

まわりに人がいなかったので、

「座っても？」

隣を指差して言うと、

「はあ……どうぞ」

佳織はこわばった顔でうなずいた。緊張が伝わってきた。整形手術の甲斐があり、いきなり蔑《さげす》んだ視線は向けられなかった。緊張しつつも、ほのかに期待すらしている雰囲気である。

欣一は隣に腰をおろすと、

「素敵なドレスですね」

まぶしげに眼を細めて、ブルーのカクテルドレスを着た佳織の体に熱い視線を注ぎこんだ。光沢のある生地で、ボディラインが露わだった。モデル体形なので胸のふくらみはそれほど大きくないが、腰のくびれが悩ましい。全体的に細くてしなやかで、たまらなく女らしい。

「ふっ……こんなの普段着です」

佳織はツンと鼻をもちあげて見栄を張ったが、どう見ても普段着ではなかった。この婚活合宿に向けて新調してきたに違いなく、ドレスを誇示するようにやたらと背筋を伸ばして座っている。気合いが入りすぎてまわりから浮いてしまっているが……。

「ひと目惚れしました」

欣一はまっすぐに眼を見ていった。プライドが異常に高いこの手のタイプは、ストレートな求愛に弱いというデータがあった。ネットの「モテ講座」で読んだだけなのであまり信用していなかったが、銀縁メガネをかけた美貌がにわかにピンク色に染まっていった。

「僕はたぶん、最終日にあなたを指名することになると思います」

「そっ、そんな……いきなりそんなこと言われても……」

佳織は激しく戸惑ったが、満更ではないようだった。その証拠に、ソファから腰を浮かせてもじもじしている。アダルトムード満点なドレスを着ているのに、意外に奥手なのかもしれない。

「ざっくばらんに話をしませんか」

欣一は苦み走った顔に微笑を浮かべて続けた。

「あなたが……佳織さんが男に求めるものってなんでしょう？　ここは婚活の場なんだから、そういうの包み隠さず教えていただけたら嬉しいな」

「求めている……もの……ですか……」

佳織は口ごもり、言葉を返してこなかった。

「ズバリ、経済力では？」

「えっ……」

佳織がひどく気まずげな顔になったのは、欣一がアーバンイーツの配達員であることを公言しているからだ。苦み走ったいい男でも、それほどお金はもっていない――それが女性参加者たちが抱いている、欣一のイメージだろう。

だが、そんなことは欣一にとって想定内だった。参加費が高い婚活合宿にやってくるような女が、愛があればお金はいらないなんて、思っているわけがない。

「実は僕、あくせく働かないでも生きていけるんですよ。ちょっとした資産家なもので……」

昨日と同じ嘘をしたり顔でついた。スマホを取りだし、画面を見せてやる。ネットバンキングの入出金明細だ。残高は五億数千万……。

佳織は桁を数えてハッと息を呑み、口に手をあてた。銀縁メガネの奥で眼を真ん丸に見開いているところまで、昨日の里穂とまったく同じリアクションだった。

「死んだ親が港区にけっこうな土地を残してくれましてね。それを財閥系の大企業に貸してるから、黙ってても毎月金が振りこまれてくる。ただ……」

「……ただ？」

佳織は眼を輝かせて身を乗りだしてきた。

「僕はいつまでも、親の遺してくれた資産の上にあぐらをかいているつもりはない。なにかビジネスを始めたい。だから僕が探しているパートナーは、ビジネスセンスに長《た》けた、起業に興味がある女性なんです」

佳織は言葉を返してこなかった。こんな幸運があっていいのだろうかと、彼女の顔には書いてあった。

自分にひと目惚れをしたという男は、苦み走ったいい男にしてけっこうな資産家。さらに、結婚相手には起業のパートナーになってほしいという。バリキャリの佳織にとって、これ以上ないうってつけの相手なのである。

3

「どうぞ」

部屋の扉を開け、佳織を中にうながした。資産運営や起業について適当な嘘をずらずらと並べてから部屋に誘うと、彼女は黙ってついてきた。

作戦通りと言えば作戦通りだったが、あまりのチョロさに欣一は怒り心頭だった。容姿が悪く、金がなさそうな男には洟も引っかけず、虫けらを見るような眼つきと毒舌で蔑んでくるくせに、整形手術をして偽金と偽ビジネスをチラつかせれば、こんなにも簡単に落ちるのか？　裸にされようが、股を開かされようが、なんでもOKなのか？

（ちくしょう、馬鹿にしやがって……）

かくなるうえは、存分に恥をかかせてやらなければ気がすまなかった。こういうタイプには、ただ一発やらせてもらうだけでは終われない。

「……ふうっ」

欣一はベッドに腰をおろした。佳織はまだ立っている。欣一は、ブルーのカクテルドレスを着た彼女を上から下まで眺めてから、低い声で言った。

「脱いでもらえますか？」

「えっ……」

佳織は唖然とした顔をした。キスもハグもなくいきなり服を脱げと言われたことなんて、彼女にはないのだろう。いかにもプライドが高そうな彼女に、そんなことを言ったら怒られそうだからだ。賢明なる者は、怒られるとわかっていることを決してしない。

しかし、欣一は平然として「さっさと脱いでくれないかな」と続けた。相手は整形顔と偽金に釣られて男の部屋にやってきた打算まみれの女、やさしくしてやる義理はない。

「脱がないんだったら、この部屋から出ていってもらえませんか？　こっちは自分のことを包み隠さず話したんだ。今度はそっちが……佳織さんが、女としての価値を示す番じゃないですか？」

「ううっ……」

佳織は銀縁メガネをかけた美貌を紅潮させ、さらにこれでもかと歪《ゆが》めながら、両手を首の後ろにまわしていった。こんな屈辱は初めて！　と彼女の顔には書いてあったが、将来を考えたらそうせざるを得ないという感じだった。

(愚かだねえ。五億オーバーの資産と港区の土地をもってる男が、こんなところにいるわけないのに……)

人間は追いつめられると、自分が信じたいものを信じるようになるらしい。佳織は聡明な女だろうが、三十四歳という年齢に追いつめられていた。早く結婚したいのに、婚活がうまくいかないことに焦っていた。

「信じてますからね……」

首の後ろのホックをはずし、ちりちりと音をたててファスナーをさげていく。

「わたしにひと目惚れしたって言葉、信じて……」

欣一は言葉を返さず、表情も変えなかった。その眼の前で、佳織はブルーのカクテルドレスを床に落とした。

(おおおっ……)

思わず声が出てしまいそうになった。佳織は黒いランジェリーを着けていた。生地の質感も高級感たっぷりなら、ハーフカップのブラジャーに超ハイレグのパンティ——おまけに、細い腰にはガーターベルトを巻いて、セパレート式のストッキングを吊っている。

「勝負下着かい？」

欣一がニヤリと笑いかけると、佳織は銀縁メガネをかけた美貌をそむけた。

「つまり、この合宿中にこういう展開になることは想定内……いいや、そういう強い希望があったわけだ？」

「ちっ、違います！」

佳織はあわてて首を横に振った。

「こっ、こんなものは、レギュラーっていうか……」

カクテルドレス同様、あくまで普段使いで通そうとしたが、苦しすぎる言い訳だった。ガーターベルトを普段から着けている女なんて、欲求不満の有閑マダムくらいのものだろう。そうでなければ風俗嬢だ。

「まあ、いいですけど……」

欣一はベッドから腰をあげ、佳織のまわりをゆっくりと歩いた。フロントが超ハイレグのパンティは、後ろにまわるとTバックで、丸く張りつめた尻の双丘《そうきゅう》がほとんど見えていた。

（たまらないケツじゃないか……）

スレンダーなモデル体形でも、女らしさは随所にあった。果実のように丸い尻丘もそうだし、太腿《ふともも》のむっちり具合もいやらしい。セパレート式のストッキングからはみ出した、白い腿肉が卑猥だ。

「セックスは好きですか？」

欣一はわざとらしく声をひそめて訊ねた。

「僕はですね、結婚生活においてセックスのプライオリティが非常に高いんです。男と女はベッドで熱く盛りあがってこそ、日常生活もうまくいくと信じている。どうです？」

「好きか嫌いかって訊かれても……」

銀縁メガネをかけた佳織の美貌は、まだ真っ赤なままだ。

「人並み、だと思いますけど……」

「ほう」

佳織のまわりをまわっていた欣一は、正面で立ちどまり、紅潮した美貌をのぞきこんだ。

「それはファジーな回答だな。どの程度人並みなのか、テストさせてもらってもいいですか？」

「テッ、テスト？」

佳織は声をひっくり返した。

「べつにそれほど特別なことをするわけじゃありません。ただ、感度を確かめておきたくてね。感度の悪い女ほど、抱いていて面白くない女はいない。そうでしょう？」

「そっ、そうかもしれませんか……」

「佳織さんの場合、見た目は完璧だ。下着姿だけでこれほどセクシーなら、裸を見せてもらう必要もない。ただ、感度がわからなくちゃ、男としては伴侶《はんりょ》に選ぶ決断ができないじゃないですか？　……テスト、受けてみます？　嫌ならべつに、ドレスを着直して出ていってくれてもいい」

「ううう……」

佳織は困惑に唇を嚙みしめつつも、

「そっ、そこまで言うなら、テストでもなんでも受けます。北条さんの好きにしてください」

銀縁メガネ越しに挑むような眼を向けてきた。

（ククク、テストというワードが嵌まったな……）

欣一はこみあげてきそうになる高笑いを必死にこらえた。彼女は一流企業に勤務するバリキャリであり、プロフィールによれば高偏差値の有名私大を卒業している。子供のころから勉強ができ、成績もよかったに違いない。

つまり、テストで辛酸を舐めたことがないのだ。むしろ、小学生のときからテストは彼女の晴れ舞台であり、いい成績をとって主人公になれる絶好の機会だったはずだ。そんな過去の成功体験が、脊髄《せきずい》反射を起こさせた。テストがあるなら、意地でも突破してやろうと……。

「それじゃあ、テストさせてもらいますよ……」

欣一は不安げな顔で立ちすくんでいる佳織に背中を向け、キャリーバッグの中をガサゴソと探りはじめた。

4

欣一は三十五歳で童貞だった。昨日、里穂の騎乗位で無事初体験をすませることができたが、それまでは不安で一杯だった。韓国まで行って整形手術を繰り返した顔には満足していたし、ネットバンキングの入出金明細を偽造し、それとともにささやく嘘にも様々なヴァリエーションを用意してあったが、問題はセックスだった。

もちろん、セックスに対しても準備に怠りはなく、オナホールで手マンやクンニの練習をしたり、安いラブドールで体位のシミュレーションに明け暮れていたけれど、これぱかりは実地で試してみなくてはどうにもならないというのが現実だった。

そこで、もしものときのお助けアイテムを、キャリーバッグに忍ばせてあった。電動マッサージ器である。

肩や腰の凝りをほぐすための純粋なマッサージ器として開発されながら、実際には女子のオナニーにばかり使われているという、数奇な運命の電マ――これさえあれば、うまくいかなかったときにリカバリーできるのではないかと童貞なりに考えたのだ。

最近では小型で可愛いデザインのものも開発販売されているが、あえて昔からある無骨にしてビッグサイズなものを用意した。使ったことはないけれど、ＡＶを観て研究を重ねた。

「なっ、なんですか？」

欣一がキャリーバッグから出した電マを見て、佳織は怯《おび》えきった声をあげた。

「女子を気持ちよくするプレジャーグッズですよ」

知らないわけないでしょう？　というイントネーションで言い放ってやる。婚活合宿のリラックスタイムに、セクシーランジェリーを着けているような三十四歳が、電マを知らないわけがない。

佳織とのセックスは、まだ始まっていなかった。つまり、うまくいかなかったから電マに頼ったわけではなく、服を着ているときはいい女ぶってツンツンし、そのくせセクシーランジェリーを着けて隙あらば男を籠絡《ろうらく》しようと目論んでいる彼女の態度に接しているうちに、気が変わった。女子が支持するオナニーグッズナンバーワンの呼び声も高い電マで愛撫にブーストをかけ、泣かせてやりたくなったのである。

「まさか、使ったことがないなんて言いませんよね？」

欣一は電マのコードを電源に繋いだ。

「あるわけないです！」

「本当ですか？」

猜疑心《さいぎしん》いっぱいに眉をひそめつつ、佳織を見る。黒い悩殺下着に飾られたボディはどこまでもしなやかでセクシーなのに、銀縁メガネをかけた美貌はこれ以上なくこわばっている。

電マのスイッチを入れた。ブゥーン、ブゥーン、と唸る重低音が、静まり返った部屋に響き渡る。

「女子はたまらないらしいじゃないですか……」

欣一は下卑《げび》た笑いを浮かべながら、振動する電マのヘッドを、まずは佳織の胸にあてた。

「あううっ！」

佳織がビクッとして身をすくませる。あてたといっても押しつけたわけではなく、触るか触らないかぎりぎりの感じだったし、彼女の胸はまだハーフカップのブラジャーに守られている。

にもかかわらず、隆起の先端あたりに狙いを定め、振動するヘッドを何度もあてていくと、佳織は身をよじりはじめた。立ったままの状態だったので、ダンスを踊るように腰をくねらせた。滑稽にしていやらしい、エロティックな腰振りダンスである。

「ああっ、やめてっ！　やめてくださいっ！」

紅潮した佳織の美貌は、屈辱に歪んでいった。それも当然だと、欣一は内心でほくそ笑んだ。最強のオナニーマシーンを使ってこちらが仕掛けているのは、とても愛撫とは言えない小学生の悪戯じみたことなのだ。愛もなく、甘い雰囲気もなく、ただ三十四歳のバリキャリをからかっているような……。

（クククッ、いいザマだよ。美人やバリキャリを鼻にかけて男を馬鹿にしてるから、こういうことになるんだ……）

ブゥーン、ブゥーン、と唸る電マのヘッドで左右の隆起をいたぶりながら、欣一は復讐心をメラメラと燃やしていた。べつに佳織その人にそこまでひどいことをされたわけではないけれど、彼女は絶対、男を馬鹿にしている。見た目や経済力でしか、男の良《よ》し悪《あ》しを計れない。その証拠に、整形手術の行き届いた顔で、資産状況を開陳して誘ってみれば、いともあっさり部屋についてきた。脱げと言ったらドレスを脱いだ。

（まったくナメてるぜ……）

みずからのまったくモテなかった時代を思いだし、欣一は内心で怒り狂った。怒りのままに電マのヘッドを佳織の股間に近づけていくと、

「はぁううーっ！」

ほんのちょっと触れただけで、甲高い声があがった。電マは直接クリトリスに

あてないほうがいい、とネットのエロコラムに書いてあった。自慰を目的に開発されたものではないから威力が強すぎるのだ。パンティを穿《は》いた状態で、こんもり盛りあがった恥丘《ちきゅう》にあてるくらいで充分らしく、オナニーマスターは骨伝導《こつでんどう》を利用することを推奨している。

「はぁううーっ！　はぁうううーっ！」

実際、恥丘にしかあてていないのに、佳織のボルテージはあがっていく一方だった。モデルのような長い両脚が、ガニ股に開いていくのがいやらしすぎた。銀縁メガネをかけた美貌はすぐに真っ赤に染まりきり、耳や首筋、胸元まで紅潮している。ハーフカップブラに寄せられてできた胸の谷間に、発情の汗がテラテラと光る。

（いやらしい……なんていやらしい女なんだ……）

こちらは屈辱を与えているつもりなのに、よがりによがる恥知らずぶりにイラッとする。女も三十四歳になれば、この程度では恥とは感じないのか？　あるいは、羞《は》じらうことなど忘れてしまうくらい、電マの刺激は強烈なのか？

ならば……。

「ちょっとそこに手をついてください」

欣一はベッドに両手をつくよう、佳織に命じた。佳織はハアハアと息をはずませながら、命じられた通りに体を動かす。ベッドに両手をつき、尻を突きだした立ちバックの体勢に……。

「ああっ、ください……ください……」

セクシャルな丸尻を蠱惑的《こわくてき》に振りたてる佳織は、早くも挿入を求めてきた。素直なところは評価してもいいが、それにはまだ早い。彼女にはもっと恥をかかせ、屈辱の涙を流させてやらなければ……。

欣一は電マのスイッチをいったんオフにすると、こちらに向かって突きだされている佳織の尻を見た。パンティはTバックなので、尻の双丘が丸見えだった。それはそれでいやらしく、撫でまわしたり頬《ほお》ずりしたくなってくるが、ぐっとこらえて桃割れに食いこんでいるTバックを片側にずらした。

「あああっ……」

佳織がせつなげな声をもらしたのは、恥部が剝きだしになったからだ。といっても、前の穴ではなく後ろの穴——セックスのための器官ではなく、それよりはるかに恥ずかしい排泄《はいせつ》器官にふぅーっと息を吹きかけてやる。

「くぅうっ！」

佳織はぶるっと身震いし、長い両脚を小刻みに震わせた。ずいぶんと敏感らしい。といっても、アヌスは性感帯ではなく排泄器官。愛撫を受ければおぞましささえ覚える場所だからこそ、敏感なのだろう。

欣一は舌を差しだすと、その小さなすぼまりを、尖らせた先端でコチョコチョとくすぐりはじめた。

「いっ、いやっ！」

佳織が声を跳ねあげた。

「やっ、やめてくださいっ！　そんなところっ……」

憤怒まじりの哀願も、欣一には響かなかった。チロチロ、チロチロ、とすぼまりを舌先でくすぐっては、ペロペロと舐めまわす。細かい皺《しわ》がふやけるくらいに舐めてやろうと、熱っぽく舌を動かす。

「ああっ、いやっ！　ああああっ、いやあああああっ……」

佳織の声は屈辱に歪み、涙声すら混じってきた。その狼狽《うろた》えぶりに欣一は満足したが、なにも彼女に屈辱を与えるためだけに、禁断の排泄器官を舐めはじめたわけではなかった。

彼女は美人やバリキャリを鼻にかけている高慢ちきな女だった。欣一はそういうタイプが大嫌いだったが、だからといってそそられないわけではない。劣情を催す、というやつである。

佳織が高めのいい女であり、整形前の自分ならまるで相手にされないタイプだからこそ、辱めると興奮するのだ。ズボンの中ではイチモツが痛いくらいに勃起して、ズキズキと熱い脈動を刻んでいる。

もちろん……。

ただ排泄器官に舌を這わせるだけですむはずがなかった。欣一は電マのスイッチをあらためてオンにすると、振動するヘッドを佳織の両脚の間に忍びこませていった。クリトリスを直接刺激しないように注意しつつ、恥丘に振動を送りこんでいく。

「はっ、はぁおおおおおおおおーっ！」

佳織が獣じみた悲鳴を放った。アヌスへの刺激はおぞましく、くすぐったいだけかもしれないが、同時に性感帯を刺激されればその限りではなくなるらしい。直接クリトリスにあてなくても、ブゥーン、ブゥーン、と唸る電マのヘッドを恥丘にあてがえば、骨伝導で敏感な肉芽《にくが》まで刺激が届く。マッサージ用に開発されたビッグサイズだから、ちょっと押しつけるだけで効果は抜群だ。

「ダッ、ダメッ！　ダメようっ！」

いやいやと身をよじりながらも、佳織は発情しきっていく。顔が見えなくても、突きだされた尻の奥からは、男の本能を揺さぶるいやらしい匂いがむんむんと漂ってきた。すでに激しく濡らしていることは間違いなく、欣一は手応えを感じて生唾を呑みこんだ。

5

チロチロ、チロチロ、とアヌスを舐めては、ブゥーン、ブゥーンと唸っている電マのヘッドを恥丘にあてる。佳織はよがりによがっているし、立ちバックの体勢というのがまた、欣一の興奮を誘った。

童貞を喪失してまだ二回目のセックスなのに、AV男優みたいな愛撫をしていることに、我ながら驚いてしまう。だが意外なほどうまくやれているのは、佳織がいやらしすぎる女のせいか？

（ツンツンしてても、実のところ欲求不満だったのか？　それとも単なる好き者か？　ふふっ、あんがい可愛いところがあるんだな……）

欣一は内心でほくそ笑みながら、アヌスと恥丘を執拗に責めた。ひとつだけ厳しく自分を律していたのは、イカせないようにすることだった。電マの威力は強烈だから、恥丘に長くあてていたり、うっかりクリトリスを直撃してしまったら、イッてしまうかもしれない。どうせイカせるなら、男根を使いたい。

「あああっ……あうううう……」

欣一のやり方がナチュラルな焦《じ》らしプレイになっているようで、佳織はもどかしげな声をもらしながらしきりに身をよじっている。発情の証左である蜜の量も尋常ではなく、セパレートタイプのストッキングが切れた上、むちむちの白い腿肉が露出されている部分にまで垂れてきている。

（イキたそうだな……イカせてやりたいけど、どうせなら……）

電マなんかに頼らず、アヌス舐めのような変態プレイを駆使してでもなく、おのが男根で堂々とオルガスムスに導いてやりたい。里穂とは騎乗位だったので、向こうが勝手に腰を振りまわして絶頂に達したが、今度は自分が上になり、正常位でずっぽりと貫いた状態で……。

（大丈夫だよな？）

欣一はハッとして口許を押さえた。里穂を正常位で貫こうとしたとき、入れ歯が落ちてしまって中断を余儀なくされたことを思いだした。前歯が二本抜けている間抜けな顔では、とても行為を続ける気にはなれなかった。

（あんまり口を大きく開けて呼吸しないほうがいいな。鼻呼吸だよ、鼻呼吸……いや、もういっそのこと、このまま入れちまうか……）

立ちバックで結合すれば、万が一また入れ歯が落ちたところで、佳織に間抜けな顔を見られることはないだろう。彼女の背中に入れ歯が落ちたら、腰を使いながらさっと拾って、入れ直せばいいだけの話である。

（うーん、どうしたものか？）

立ちバックの誘惑に駆られつつも、正常位にチャレンジしてみたい気持ちも強く、決断できずにいると、

「ちょっと……」

佳織がわなわなと双肩を震わせながら振り返った。

「いったいいつまで焦らすつもりなんですか？　わたしもう、何回もイキそうになっているのに……」

銀縁メガネ越しにジロリと睨まれ、

「いっ、いやその……」

欣一はアヌスを舐めていられなくなった。美人が怒った顔は怖いものだ。佳織

はひとつ年下だが、欣一は学校の先生に叱られたような気分になり、情けなく身をすくめた。

「もういやっ！　もう我慢できないっ！」

佳織は叫ぶように言うと、上体を起こして銀縁メガネをさっと取った。ハリウッド女優のような迫力で、メガネをベッドに放り投げた。

素顔になった彼女は、メガネをかけていたときよりますます美人度がアップして、欣一はヘビに見込まれたカエルのようになってしまう。

（こりゃあ、マジモンの美人だな……）

すっと吊りあがった切れ長の眼が印象的で、鼻筋も綺麗に通っている。唇は薔《ば》薇《ら》の花びらのように艶《つや》やかで、けれども眼の下を紅潮させた表情はどこまでもいやらしく、三十四歳の欲情をありありと伝えてくる。眼つきがおかしいのは視力補正器具をはずしたからではなく、欲情しきっているからだ。

おまけに、モデルのようなスレンダーボディを飾っているのは、黒い悩殺ランジェリー。仁王立ちでこちらを睨んでいる姿はさながらエロスの化身であり、欣一はその迫力に圧倒されてしまい、身動きはおろか、言葉を発することさえできない。

すると佳織は、こちらのベルトを手早くはずし、ズボンとブリーフをめくりおろした。唸りをあげて反り返った男根を一瞥《いちべつ》すると、ズボンとブリーフを完全に脚から抜き、

「座って」

と低い声で欣一に命じてきた。ベッドに座れ、ということらしい。眼つきが怖いうえにいやらしすぎて、欣一は言いなりになるしかなかった。

「本当はこんなことしたくなかったけど……」

佳織は苦悶の表情でつぶやくと、欣一の腰にまたがってきた。対面座位の格好である。

「んんんっ……」

浮かせた股間の下に右手を伸ばし、勃起しきった男根に手指を添える。位置と角度を合わせつつ、亀頭を濡れた花園に導いていき、

「あああっ……」

佳織は欲情に震える声をもらした。

「むううっ……」

性器と性器がヌルリッとすべった感触に、欣一も声が出てしまう。また女性上

位か、と思わないこともなかったが、ここまでされてしまえば抵抗はできない。

佳織はねっとりと潤んだ裸眼でこちらを見ながら、

「んんんっ……」

と腰を落としてきた。ずぶっ、と亀頭が割れ目に埋まりこむと、両手を欣一の首根っこにまわし、体重をかけてずぶずぶと咥えこんでいく。

「んんんっ……あああーっ！」

男根を根元まで咥えこむと、ぎゅっと眼をつぶって声をあげた。声をあげたいのは、欣一も同様だった。佳織の中は熱かった。ドロドロのヌルヌルで、里穂とは結合感があきらかに違った。

二十四歳の里穂に対して、佳織は三十四歳――女の器官も、年相応に使いこまれて熟成されているのかもしれない。肉穴の中にひしめく濡れた肉ひだが、ざわめきながら吸いついてくる感覚は、里穂とのセックスではなかったものだ。締まりは里穂のほうがよかった気がするが、佳織の熟れた結合感も悪くない。いや、悪くないどころか、いやらしすぎて息もできない。

「んんんーっ！」

佳織は眼をつぶったまままきりきりと眉根を寄せていくと、女らしい細腰をまわしはじめた。ぐりんっ、ぐりんっ、という大胆なグラインドで、性器と性器をこすりあわせてくる。ドロドロのヌルヌルな肉穴の中で、勃起しきった男根が揉みくちゃにされる。

「むっ……むむっ……」

欣一の顔はみるみる燃えるように熱くなっていった。結合感もいやらしかったが、動きが加わると快感が一気に倍増した。電マでしつこく責めたせいだろう、佳織の中は奥の奥までよく濡れて、彼女が腰をまわすと、ずちゅっ、ぐちゅっ、と粘っこい肉ずれ音がたつ。

「ああっ、いいっ！　かっ、硬いっ……」

佳織は噛みしめるように言うと、腰の動きをグラインドから変化させた。クイッ、クイッ、と股間をしゃくるようにして、肉穴で男根をしゃぶりあげてくる。

「おおおおっ……」

欣一はたまらず声を出した。佳織の腰の動きはリズムに乗り、クイックイッ、クイックイッ、と軽快になっていく。軽快ではあっても刺激は強まっていくばかりだから、欣一は脂汗を流しながら喜悦に身をよじる。

男が感じれば女も感じるようで、男根を咥えこんでいる肉穴が喜悦にわななないているのがわかる。ひくひくと穴全体がうごめきながら、はちきれんばかりに勃起した男根に吸いついてくる。

(たっ、たまらないよっ……)

興奮のあまり、欣一の顔は燃えるように熱くなっていった。そんな状態で動けずにいるのはつらいものがあった。身をよじるばかりではなく、もっと大胆に腰を動かしたいという本能が、体中を小刻みに震わせはじめる。

とはいえ、女性上位の対面座位では、みずから動くことはできない。

それでも、じっとしていることにいよいよ耐えられなくなり、目の前の黒いブラジャーに手を伸ばした。ハーフカップを力ずくでぐいっとずりさげ、ふたつの胸のふくらみを露わにする。佳織はモデル体形なので、隆起は控えめだった。男の手のひらにすっぽり収まりそうな可愛らしいサイズだったが、先端でルビーのように赤く輝いている乳首は大人びていた。色艶が妖しくエロティックだし、いかにも感度が高そうだ。

「はぁうううう――っ!」

左右の乳首をひねりあげると、佳織は喉を突きだしてのけぞった。腰振りのリズムを乱して、ガクガクと全身を震わせた。

「もっ、もっとっ！　もっとしてっ！　わたし、入れられてる状態でそこをいじられると、すごい感じちゃうのっ！　痛いくらいにひねられると、体中が燃えてきちゃうのおおーっ！」

瞼を持ちあげ、欲情に潤んだ瞳で訴えてくる。美人の怒った顔は普通の人よりずっと怖いが、よがっている顔は身震いを誘うほどいやらしい。この顔を思いだすだけで、明日から何度でもオナニーができそうだ。

「ちっ、乳首が……感じるんですね？」

ならば、と欣一は、ふたつの赤い乳首を指の間でぎゅーっと押しつぶした。興奮のあまり、いささか力をこめすぎてしまったが、

「はぁおおおおおーっ！」

佳織は獣じみた悲鳴をあげ、歓喜を伝えてきた。女にする愛撫は、やさしすぎるくらいでちょうどいい――どんなセックスマスターも示し合わせたようにネットコラムに書いていたが、佳織は強いほうが感じるようだった。

ぎゅっ、ぎゅっ、ぎゅっ、とリズムをつけて乳首を押しつぶしてやると、

「はぁおおおおーっ！　はぁおおおおおおーっ！」

佳織は長い黒髪を振り乱し、半狂乱で腰を振りたててきた。銀縁メガネをかけ

ていい女ぶっていたときとは、まるで別人のようだった。ハアハアと息をはずませながらむさぼるように男根をしゃぶりあげ、乳首を刺激されると獣じみた悲鳴を部屋中に撒き散らす。

「ああっ、いいっ！　オマンコいいっ！　オマンコ、気持ちよすぎるぅーっ！　オッ、オマンコォォォォォーッ！」

淑女が言ってはならない卑語を絶叫しながら、クイックイッ、クイックイッ、と股間をしゃくりつづける。ずちゅぐちゅっ、ぐちゅぐちゅっ、と粘っこい肉ずれ音をどこまでも卑猥に響かせて、発情のボルテージをあげていく。

（こっ、これが熟女の凄みか……乱れ方が里穂とは全然違うぞ……）

佳織はもはや、自分の体の動きを自分でも制御できないようだった。欣一の首根っこにまわしていた両手を、後頭部に這いあがらせてきた。欲情だけに突き動かされている十本の指を髪の中にざっくりと入れると、ひいひいと喉を絞ってよがり泣きながら掻き毟《かむし》ってきた。

髪はめちゃくちゃに乱れてしまったが、欣一は嫌な気持ちにならなかった。それどころか、頭皮を掻き毟られる感覚が心地よかった。実のところ、セックスのとき、よがり泣く女に背中を掻き毟られるというシチュエーションに憧れていたのだ。中にはミミズ腫れになるほど引っ掻いてくる女もいるらしいが、痛くはないらしい。そういう経験がある男は、「痛みよりむしろ、快感への刺激的なスパイスになった」と証言していることのほうが多い。

（あれは本当だったんだな……）

佳織に頭髪を掻き毟られながら、欣一は思った。髪なんていくら乱されようが、頭皮に爪が食いこんでこようが、なるほど痛くもなんともない。むしろ、肉穴を貫いている男根に力がみなぎっていく。

動きたかった。乳首をいじっているだけではどうにもならない衝動が、欣一の体を突き動かした。それまでも佳織の腰振りのリズムに合わせて身をよじっていたが、ベッドの弾力を使って連続で尻を跳ねさせた。必然的に、女体を下から突きあげることになり、

「はっ、はぁうううううーっ！」

佳織はのけぞって全身を激しくよじらせた。

「奥いいっ！　奥いいっ！　とっ、届いてるっ！　いちばん奥まで届いてるううううーっ！」

どうやら肉穴の最奥《さいおう》を刺激すると感じるようなので、欣一はさらにずんずんと

下から突きあげた。佳織が腰にまたがっているから思ったようには動けなかったが、それでもベッドの弾力を使ってなんとか切っ先を最奥まで届かせる。おそらく子宮だろう、いちばん深いところにあるコリコリした部分に亀頭がこすれると、こちらもたまらなく気持ちいい。気持ちがよければ、ずんずんっ、ずんずんっ、と突きあげるピッチもあがっていく。

「ああっ、ダメッ！　もうイッちゃうっ！　イッちゃいますううぅーっ！」

佳織は絶叫しながら、欣一の頭髪をまた掻き毟ってきた。

「イッちゃうっ、イッちゃうっ、イッちゃうっ……イクイクイクイクイクッ……はぁああああああーっ！」

ビクンッ、ビクンッ、と腰を跳ねあげて、佳織はオルガスムスに駆けあがっていった。黒いセクシーランジェリーに飾られた細身のボディをこれでもかとよじらせ、肉の悦びを嚙みしめた。

「でっ、出るっ！　こっちも出るっ！」

欣一は叫ぶように言った。アクメに達した肉穴がぎゅうっと締まりを増し、それが射精のトリガーになった。

「ああっ、出してっ！」

佳織は小動物のような俊敏さで腰をあげると、ベッドに座っている欣一の両脚の間にしゃがみこんだ。自分の漏らした発情の蜜でネトネトになっている男根をためらうことなく口唇で咥えこみ、「むほっ！　むほっ！」と鼻息を荒らげてしゃぶりあげてきた。

「むううううっ！」

欣一は両手を後ろにつき、座ったままぐぐっと腰を反らせた。強烈なバキュームフェラだった。絶頂に達して興奮しているのか、あるいは熟女の面目躍如《めんもくやくじょ》なのか、吸引力も若い里穂より強かったし、美貌が台無しになる舐め顔のいやらしさも衝撃的で、欣一の体はみるみる小刻みに震えはじめた。

「でっ、出るっ！　もう出るっ！　出るうううううーっ！」

燃えるように熱くなった顔を歪めて叫ぶと、

「おおおおっ……ぬおおおおおおおおおーっ！」

雄叫びとともに、ドクンッ！　と男の精を発射させた――勢いよく放出したつもりだったが、同時に佳織が鈴口を吸ってきた。

「ぅんぐっ！　ぅんぐぐーっ！」

発射する勢いより吸引力が強かったのか、あるいはふたつが掛けあわさったのか、煮えたぎるように熱くなっている粘液が、すさまじいスピードで尿道を駆け抜けていった。男根の芯が燃えあがっているような快感に、欣一は野太い雄叫びをあげながら長々と射精を続けた。

第三章　巨乳を超えた巨乳

1

「いったいどうなってるんだ……」

翌朝、ユニットバスの中で鏡と向き合った欣一は、呆然としてしまった。眼を覚ましてシャワーを浴びた直後のことだ。

「ハッ、ハゲてる……俺、ハゲてるじゃないか！」

髪質がさらさらで毛量も多いから、耳を隠すくらい長く伸ばしていた。整形手術によって苦み走ったいい男に生まれ変わったことだし、長めの髪を風になびかせたり、掻きあげる仕草で渋い雰囲気をアピールしたかったからだが、いまは髪が濡れているから、よけいにはっきりと薄毛になっているのがわかる。

「どっ、どうして？　どうして一夜にして、こんなみじめなことになっちまったんだ……」

すっかりハゲているわけでもなく、けれども隠しきれないくらい薄くなっているところが、憐れを誘った。額から頭頂にかけてがとくに薄く、逆モヒカンというか、落ち武者感がすごい。

昨日の夜――。

整形フェイスと真っ赤な嘘で、まんまと佳織を抱くことに成功した。いい女ぶっている彼女を、電マとアナル責めで悶絶させてやった。最後は不本意ながらの女性上位だったが、熟女の肉穴は若い女のそれと違っていやらしいほど吸いついてきたし、ベッドの弾力を使って対面座位で下から突きあげることもできた。ゴムなしの生挿入だったので、フィニッシュは自分の手コキで膣外射精のつもりだったが、佳織が口唇で射精を受けとめてくれたことは、望外の悦びだったと言っていい。

充分すぎるほど満足な、人生二度目のセックスだった。精力はありあまっているので、二回戦、三回戦に進んでもよかった。明日のことなど考えずにそうしてしまいたいほど、佳織の抱き心地は最高だったわけだが、

「……やだ」

白濁液にまみれた男根にお掃除フェラをしてくれていた佳織が、不意に眉をひ

そめた。自分の手指にけっこうな量の髪の毛がまとわりついていることに、気づいたからだった。

「ごっ、ごめんなさい……わたしこんな……髪の気を毟りとるほど、激しくするつもりはなかったんですけど……」

ひどく申し訳なさそうに身をすくめたので、

「いやいや、大丈夫ですよ……」

欣一は鷹揚《おうよう》に笑った。

「それほど激しく感じてくれたのなら、僕だって男冥利《おとこみょうり》に尽きるってものです。髪の毛なんていっぱいありますし、すぐ生えてきますから気にしないで」

やさしく慰めてやったものの、佳織はずいぶんと気にしているようで、服を着直して部屋を出ていった。つまり、二回戦は始まらなかったわけだが、欣一は余裕綽々《しゃくしゃく》だった。会心の射精を遂げたうえ、お掃除フェラまでしてもらったのだ。佳織のあられもないイキ顔を思いだし、ニヤニヤ笑いながらベッドに横になった。

（これで五人いる女性参加者のうち、ふたりとやったわけだ。残り三人、きっちりいただいてやるからな……）

佳織を深追いしなくても、明日になれば次のターゲットとセックスしなければならないのだ。昨日今日と怖いくらいにうまくいったので、明日もきっとうまくいくだろう。なんの不安もなく睡魔に身を委《ゆだ》ね、あっという間に夢の世界の住人になった。

そして今朝、眼を覚ますと熱いシャワーを浴びたわけだが、バスルームから出てきて洗面所の鏡を見た瞬間、心臓がとまりそうになった。髪が異常に薄くなっていた。バスルームに戻って排水口を確認すると、びっくりするほど大量の毛がそこに溜まっていた。どうやら、急性の脱毛症に襲われたらしい。

(なっ、なぜだ？　どうしていきなり髪が抜けたんだ？)

よがる佳織に頭髪を掻き毟られたことだけが、髪が抜けた原因とは思えなかった。いくらなんでも、そんなことくらいでここまで大量に毛が抜けるわけがない。心当たりがあるとしたら……。

(整形か！)

欣一は五年間という長い月日と七百万円近い金を注ぎこみ、女運に見放された冴えない男から、苦み走ったいい男へと変貌を遂げた。とにかく容姿のいい男になりたかったので、日本では認可がとれていない、副作用が強すぎると言われている薬でもためらうことなく使ってもらった。

「そんなに心配しなくても大丈夫ですよー」

流暢《りゅうちょう》な日本語を話す韓国人医師が、言っていたことを思いだした。

「副作用が強いといっても、命に別状があるほど健康を害するって話じゃないですからー。ごくごく稀《まれ》にですが、いまのところ報告があるのは、体毛への影響です。髪の毛が薄くなったり、逆に手脚の毛が濃くなったり……でも、安心してくださいね。頭髪が薄くなっても、うちの病院で植毛手術をすればいいだけの話です。特別に三割引きで髪の毛がふさふさになれるクーポン券を進呈しましょう。手脚の毛がもじゃもじゃになったら、脱毛エステをご紹介します。こちらもうちの病院の系列店がありますから、割引サービスが受けられます」

なるほど、この抜け毛は一時的なものかもしれないし、最悪、韓国に行って植毛手術をすれば元に戻せるだろう。そうだとしても、婚活合宿の真っ只中に毛が抜けてしまうなんて、バッドタイミングの極めつけだ。

どんなに顔立ちが整っていても、逆モヒカンの落ち武者ヘアではすべてが台無し、女にモテるはずがない。おまけに前歯二本の入れ歯まで抜けたりしたら、ほとんど妖怪じみた風貌になってしまう。

それでも……。

欣一は合宿をキャンセルして韓国に飛ぶ気にはなれなかった。昨日、一昨日の成功体験が、ここから離脱することを許してくれなかった。ここにいればまだ、セックスができるのだ。女運に見放されていた三十五年間のリベンジを果たし、男としての自信を取り戻すまでケツをまくるわけにはいかない。

「これでなんとか……」

キャリーバッグからタオルを出し、頭に巻いた。幸い、安っぽい手ぬぐいではなく、ブランドものの黒いタオルを持ってきていた。鏡を見るとそれほどおかしくないように思われたので、部屋を出て海の家のバイトに向かった。

「おおっ、北条さん、頭にタオル巻いて今日はやる気満々だね」

「そういうのも似合うじゃないですか。ハンサムは得ですねー」

海の家のスタッフに、そんなふうに声をかけられた。バイトに対するやる気なんてまったくなかったし、セックスアピールのひとつである髪を隠すのは痛恨の事態だったけれど、なんとかぎりぎりおしゃれをしているように見られたようだった。頭に巻いた黒いタオルの下に、まさか一夜にしてハゲた頭が隠れていようとは、誰も思っていないようだったので助かった。

2

合宿三日目のターゲットは、森野千奈美《もりのちなみ》にすることにした。

二十九歳――もうそれほど若くないが、垂れ目がチャーミングな丸顔にニコニコと笑みを絶やさないせいで、実年齢よりずっと若く見える。はっきり言って、地下アイドルくらいなら余裕でなれそうなほど可愛らしく、なにより男好きするグラマーなスタイルの持ち主だった。

アロハシャツを着ていても露骨にわかるほどの超巨乳だし、そのくせウエストは引き締まっていて、ヒップはバストに負けず劣らずボリューミー。話し方も気さくだし、愛嬌もそれなりにある。

だが、普通なら人気ナンバーワンを争っていてもおかしくないのに、男性参加者たちが彼女を見る眼は冷ややかだった。

理由はふたつある。

まず、千奈美はとんでもない天然にしてドジッ子なのだ。海の家でホール係をしていても、注文を何度も間違えるわ、ドリンクやフードを運ぶトレイをひっくり返すわ、しくじってばかりいる。なんでも実家がたいそう裕福らしく、二十九歳になるまで就職はおろか、バイトすらしたことがないという。

もちろん、そういうタイプこそ保護欲を誘っていい！　という向きもあるだろう。欣一にしても、女は顔と抱き心地、女子力なんてどうでもいいと思っているほうだ。

だが、高校時代のガールフレンドならそれでいいかもしれないけれど、ここは婚活の場なのである。彼女はどう見ても家事ができなそうだし、むしろ四角い部屋を丸く掃き、失敗ばかりを繰り返して、家の中がてんやわんやになりそうだ。

しかも、婚活に乗り気ではないことを隠そうとしないから、男性参加者が彼女を見る眼はなおさら冷ややかなのだ。この合宿には両親に無理やり参加させられたとかで、彼女自身には結婚願望がまるでないらしい。

「わたし、結婚なんてしたくないんですよねー」

初日の食事会のとき、唐突にそんなことを言いだして、まわりをドン引きさせた。

「どうしてかっていうと、わたしは結婚なんかしなくても、もっと言えば彼氏だっていなくても、全然淋しくないんです。『推し』がいるから……」

要するに、リアルな恋愛より、好きな男性アイドルの応援――「推し」活動をしているほうが自分は幸福だ、と千奈美は言いたいわけだ。

いまの世の中、彼女のようなタイプは決して珍しくない。リアルよりヴァーチャルのほうがいいという感覚が、欣一にはまったく理解できないけれど、だからといって否定するつもりはない。ただ、ここがリアルな婚活の場である以上、千奈美は場違いな空気を放って、まわりにドン引きされるしかないのである。

とはいえ……。

千奈美のグラマーボディは、スルーするには惜しすぎた。結婚なんてどうでもいいのは欣一も一緒だが、彼女も二十九歳の大人の女であるからには、性感がそれなりに発達しているはずだし、性欲だってあるだろう。「推し」に操《みさお》を立てて、もっぱらオナニーばかりしているのかもしれないけれど、非貫通の処女ということはないように思われる。

そうであるなら、ワンチャン勝負をかけてみる価値はあると思った。はっきり言って、抱きたくて抱きたくてしようがなかった。

とはいえ、千奈美は結婚を焦っていないし、実家が裕福なら金にも困っていないはずだ。里穂や佳織のときのように、ニセの資産をチラつかせて股を開かせることはできない。

ただ、欣一には彼女の弱点が見えた。そこさえ突けばやすやすと落ちるに違いないという、推し活女子ならではのウィークポイントが……。

夜になった。

前歯を気遣い、ゼリー飲料のみで栄養補給をしている欣一は、夕食タイムが終わる時間を見計らって、一階のリビングにおりていった。

「あっ!」

「ごめんなさいっ!」

リビングに入っていこうとすると、女がドンッとぶつかってきた。入れ違いに出ていこうとしていたのは、千奈美だった。

危ないところだった。婚活に興味がない彼女は、夕食後の懇談タイムをキャンセルして自分の部屋に戻ろうとしていたのだ。どうせひとりで「推し」の配信番組でも見るのだろうが、ここが婚活合宿の場であることをなんと心得ているのだろう? もう少し来るのが遅かったら、声をかけることができなかったではないか。

「すいませんが、ちょっとお話しさせてもらってもいいですか?」

欣一が言うと、

「えっ……」

千奈美は露骨に嫌な顔をした。海の家では愛想よく働いていても、婚活男子とふたりきりで話などしたくないのだろう。

「乗り気じゃなさそうですが、いちおうこの合宿には、ツーショットに誘われたら、一度に限って断ってはいけないっていうルールがありますよね？」

「知ってますけど……」

口ごもった彼女の顔には、「だから部屋に戻ろうとしてたんでしょ！」と書いてあった。

「お手間はとらせません。五分でいいから話をしませんか？」

千奈美はやれやれという顔で、ふーっと息を吐きだすと、

「五分だけですからねー」

ひどく面倒くさそうに言った。

「約束は守ります」

「じゃあ、ちょっと外に出ましょうよ。今夜は夜風が涼しそうだし」

千奈美は庭を散歩しながら話すことを提案してきた。もちろん、夜風が涼しい

からではなく、リビングで話をしていると、他の男性参加者にまでツーショットを求められる可能性があるからだろう。婚活合宿に参加しておきながら、そこまで異性のアプローチを警戒するなんて、一周まわってもはや天晴《あっぱ》れである。

裏口でサンダルに履き替え、庭に出た。夜風は涼しいどころか、海が近いせいでじっとりとした湿気を孕《はら》み、ちょっと歩いただけで素肌が不快にベタついてきた。おまけに緑豊かな庭なので、小さな羽虫がやたらと多く飛んでいた。うっかりすると顔にぶつかり、眼や鼻や口の中に入ってくる。それでも、与えられた時間が五分なので、欣一は場所移動を提案せず、核心から話を切りだした。

「千奈美さんって〈硝子《ガラス》ボーイズ〉のファンなんですよね？」

「はっ？」

千奈美はキョトンとした顔をした。〈硝子ボーイズ〉はいまをときめく大人気男性アイドルグループだが、ファンはおそらく女子が九割をゆうに超える。同性からはまったく興味をもたれない男性アイドルの代表格なので、男の口からその名が出たことに千奈美は驚いたらしい。

「実は僕も、〈硝子ボーイズ〉のファンなんですよ」

「……嘘でしょ」

千奈美は眉をひそめ、珍獣を見るような眼を向けてきた。

「まあ、ファンというか、正確に言うと友達ですね。いまはアーバンイーツの配達員なんかしてますけど、こう見えて昔は芸能関係の仕事をしてたんです。〈硝子ボーイズ〉って順風満帆に見えて、人気に火がつくまで下積み期間が長かったじゃないですか？　だから、よく飯とか食わせてやりましたよ。うちに招いて鍋パやタコパをしたり……ほら、証拠写真」

スマホを取りだし、画面を見せてやると、

「ミッ、ミツル……」

千奈美は驚愕に眼を見開き、歩いていることができなくなった。手で羽虫を払いながらその場に立ちすくんで、スマホの画面をまじまじと見つめてくる。

そこに映っているのは、〈硝子ボーイズ〉のセンターに立つ月野《つきの》ミツル――彼と欣一のツーショット画像だった。笑顔で酒を酌み交わしている。

「北条さん、ミツルと友達なんですか？」

「まあね。〈硝子ボーイズ〉の中でもミツルは特別仲がいいから、月に一度は一緒に飲んでますよ」

「いっ、いやーん、すごい……尊敬しちゃいます」

夜闇《よやみ》の中でも、千奈美の顔がにわかに紅潮したのがわかった。

「まあ、友達になっちゃえば、芸能人とか関係ないですから。酒を飲めば普通の男ですよ。どっちかと言ったらおとなしいタイプだし……」

もちろん、真っ赤な嘘だった。欣一に芸能人の友達なんていないし、月野ミツルなんて数日前まで存在すら知らなかった。

千奈美の「推し」がミツルであるという情報を、女性参加者同士の会話を盗み聞きしてキャッチした欣一は、早速コラ画像をつくった。ネットバンキングの入出金明細を偽造できるスキルがあれば、芸能人とのツーショット・コラ画像をでっちあげるのなんて簡単な作業だった。雑なコラでも、画質を落とし、スマホの小さな画面で見せれば、それほど粗《あら》も目立たない。

実際、千奈美はこちらの話を信用しきっているようで、思いつめた顔でなにやら考え事をしていた。なにを考えているのか、欣一には手に取るようにわかったが、とりあえず黙って彼女が覚悟を決めるのを待つ。

(「推し」に命を捧げてますってタイプの女は、「推し」に会えるならなんでもする生き物らしいからなあ……)

欣一がそういう認識に至ったのは、五、六年前の渋谷でのことだ。駅から原宿方面に歩いていると、異様な光景に出くわした。「チケット売ってください」と書いた紙を胸の前に掲げ、いまにも泣きだしそうな顔で路上に立っている若い女が何人もいたのだ。その道を進んでいった先にはライブハウスがあり、カリスマ的な人気のロックバンドが出演するということだった。

「ああいう子たち、チケットさえ渡せば、簡単にやらせてくれるんだぜ」

一緒に歩いていた男が言った。五十がらみのイキッた男で、当時バイトしていたデザイン会社の社長である。

「いまは転売ヤーを締めだすために、ホール公演だと入場するとき身分証明書を提示しなくちゃならなくなったけど、昔は渋公だろうが武道館だろうが、そんなのなかったからさ。偽造したチケットをチラつかせれば、そのへんのトイレでフエラでも立ちバックでもやりたい放題……いい時代だったねえ」

その男が経営しているデザイン会社は、肖像権をきっぱり無視して風俗店のWEB広告をつくっている、ルール無用の恐ろしいところだった。濡れ手で粟で儲けたいだけではなく、仕事には使えないアイドルや女優のモロ出しコラヌードを寝ないでつくっているようなド変態で、過去には偽造パスポートをつくっていたという噂まであった。

欣一はその会社で、パソコンを使った悪い技術のイロハを学んだ。ネットバンキングの入出金明細を偽造したり、月野ミツルとのツーショット画像を捏造したりできたのは、その当時のスキルがあったからだ。

「あっ、あのう……」

たっぷり一分以上考えこんでから、千奈美は切りだしてきた。

「話の続き、わたしの部屋でしませんか？　ミツルのこと、もっと詳しく聞きたいし……あっ、わたし個室なんです。ふたりきりで話せますから……」

男性参加者で個室をあてがわれているのは欣一だが、女性参加者では千奈美ということらしい。

「まっ、いいですけどね」

欣一は余裕の笑みを浮かべてうなずいた。腹の底から卑猥な笑いがこみあげてきて、吹きだしてしまうのをこらえるのに苦労した。

ツーショットで話をするのは五分の約束だったのに、千奈美はすっかり忘れているようだった。しかも、黄色いアロハシャツを着ている彼女のグラマーなボディから、にわかに女の匂いが漂ってきたような気がして、欣一は早くも勃起しそうになった。

3

部屋に入った瞬間、えっ？　と思った。

千奈美の部屋に招かれたのだが、びっくりするほど広かった。リビングはゆうに二十畳近くありそうだし、ソファなんてL字形の四人掛けで、五〇インチはありそうな液晶テレビが鎮座している。しかも、寝室は別になっているらしく、眼の前の空間にベッドがない。

（さっ、差別じゃないのか、これは……）

欣一にあてがわれた個室は、ユニットバスをひっくるめて十畳くらいのもので、ソファもなければテレビもなく、寝室が別になってもいなかった。ここは本来宿泊施設ではなく、個人宅の洋館だったから、部屋ごとに個性があるのは致し方ないにしろ、あまりの落差にがっかりしてしまう。エントリー料は男のほうが高いのに……。

「座ってください」

千奈美にソファを勧められ、欣一は腰をおろした。デザインは古めかしいが、座り心地はけっこういい。

「さっきの話ですけど……」

　隣に腰をおろした千奈美との距離は、かなり近かった。腕と腕がくっつきそうなうえ、物欲しげな上眼遣いを向けてくる。

「本当にミツルと友達なんですか？」

「ハハッ、そんな嘘ついてもしようがないでしょう？」

　欣一が笑うと、

「たしかにそうですね……」

　千奈美も笑顔でうなずいた。

　裕福な家庭に育ったお嬢さまは人を疑うことを知らないのかもしれないが、嘘をついてもしかたがないことはない。フェイク画像まで用意した本気の嘘であれば、天然のドジッ子くらい簡単に騙せる。身ぐるみ剝ぐつもりは毛頭ないが、服と下着はすっかり奪って、楽しいひとときを過ごせそうだ。

「お願いしますっ！」

　千奈美は唐突に声を跳ねあげると、チャーミングな丸顔の前で拝むように両手を合わせた。

「わたし、一度でいいからミツルに会ってみたいんです。自分で言うのもなんですけど、わたしみたいな熱狂的なドルオタにとって、推しの存在は命の次に大事なもので……」

欣一は前のめりになってアピールしてくる千奈美を制して言った。

「タイミングが合ったとき、飲み会に呼んであげるくらいのことは、全然余裕でできるけど……」

「本当に？」

千奈美は合わせた両手の指を交差させてお祈りのポーズになると、垂れた眼尻をますますさげて黒い瞳を潤ませた。

「わたし、ミツルと一緒の席で、ミツルと乾杯して、ミツルに料理を取り分けることができたりしたら……失神しちゃうかも」

「大げさだな」

欣一は苦笑した。

「それくらいのこと、いつだってできる。しかしまあ、彼はいま、映画の撮影でしばらく海外らしいけど。タイだったかな？」

ミツル及び〈硝子ボーイズ〉のスケジュールは、きっちり確認済みだった。千奈美も当然知っているようで、欣一の嘘にまたひとつ、信憑性《しんぴょうせい》が出る。

「約束してもらっていいですか？」

千奈美はせつなげに眉根を寄せて、右手を差しだしてきた。小指を立てて、指切りげんまんをしたいらしい。

欣一はふっと笑い、

「そんな子供じみたことはできないなぁ」

意味ありげな眼つきで千奈美を見た。値踏みするような視線におののき、千奈美がビクッとする。

「約束するのはやぶさかじゃないけど、僕もあなたも、もう大人でしょう？　大人には大人の、約束のしかたがある」

千奈美が大きく息を呑み、言葉を返してこなかったので、ふたりの間に漂う空気は、にわかに重苦しいものとなった。

「僕はね、千奈美さん……」

欣一は低く絞った声で話しはじめた。

「今回の婚活合宿で、最終日に誰かを指名するつもりはないんですよ。魅力的な人がいない、ってわけじゃない。こういう催しに参加するのも初めてだし、今回は様子見に徹しようかと思いまして……つまり、この合宿が終われば、僕とあなたは二度と会わない」

結婚願望がゼロである千奈美に、後腐れがないことをアピールした。

「もちろん、ミツルと飲むときに声をかけるのはかまわないけど、それはあくまで友達として……恋愛対象ではないわけです」

千奈美の表情は複雑だった。恋愛対象ではないと言われ、プライドが傷ついたのかもしれないが、逆に言えば間違っても求婚されることはないのだ。結婚願望がない彼女にとって、安心安全な男として認識されたはずだった。

「ただ……」

欣一が言葉を切ると、

「ただ？」

千奈美は身を乗りだしてきた。

「それはあなたに魅力がないからじゃない。むしろ魅力的だ。ふふっ、男なら誰だって、あなたのようなグラマーボディを前にしたら、抱きたくなるんじゃないかな。一度でいいからお手合わせ願いたいというか……」

ふたりの間に漂う空気がますます重くなり、沈黙の時間が長く続いた。欣一は千奈美が口を開くのを辛抱強く待った。いま決断を迫られているのは彼女のほうで、自分ではない。

「つっ、つまりっ……」

千奈美が小刻みに震える声で言った。

「ミツルに紹介するかわりに、抱かせろってことですか？」

「軽蔑しますか？」

欣一は質問を質問で返した。

「軽蔑されてもかまいません。あなたが推しているミツルと僕が友達だったのは、千載一遇の僥倖《ぎようこう》だ。卑劣な男と思われても、一度でいいからあなたのような素敵な女を抱いてみたい。あなたがミツルに一度でいいから会いたいように……」

千奈美は可愛い丸顔を限界までこわばらせていたが、唐突にふっと笑った。気持ちが吹っ切れたような笑顔を見せつつ、眼を泳がせた。

「どうかしましたか？」

欣一が訊ねると、

「べつにいいですけどね……ってゆーか、むしろありがたいかな……」

「と言いますと？」

欣一は眉をひそめた。あまりにも物わかりがよすぎたからだ。

「えぇーっと、えぇーっと、わたしって、そんなに軽い女じゃないんです。本当にそうなんです。そもそも恋愛に興味がないし、エッチがしたいだけの男なんて大嫌いだし……でもでもでも、それでミツルに会えるなら……推しに会うために大嫌いな男に抱かれるのなら、それはそれで納得できるというか……体を投げだす献身で、ミツルに対する愛を証明できるっていうか……」

欣一は内心で苦笑した。彼女の物言いは、昨今流行《はや》りの「ホス狂い」のそれによく似ていた。愛するホストに貢ぐために、自分は風俗で体を売る。騙されている、洗脳されているという見方もできるが、「ホス狂い」の女にはホストへの愛を証明するために、風俗勤めで身を削っている者も少なくないらしい。めちゃくちゃな理屈だが、彼女たちの中では辻褄が合っているという。

「だからいいですよ」

千奈美はキュッと唇を噛みしめて立ちあがった。黄色いアロハシャツの前ボタンをはずしながら、言葉を継いだ。

「わたしのこと抱きたいなら、好きにしてください……わたしはなんだって我慢してみせます……大好きな大好きなミツルのために……」

黄色いアロハの前を割り、脱ぎ捨てた。驚くほど大きなカップのブラジャーが姿を現し、欣一は仰天した。

（おいおい、原付に乗るときの半キャップみたいじゃないか……）

頭に被れそうなほど大きなカップは、推定Hカップ。里穂も巨乳と言っていい乳房の持ち主だったが、それよりひとまわりも大きい気がする。ブラジャーの色は薄ピンクで、デザインは奥手な女子高生の愛用品のようにシンプルだった。カップが大きすぎるので、デザイン性の高いブラジャーはあまり売っていないのかもしれない。

（すげえな……）

欣一はしばしの間、まばたきも呼吸も忘れて千奈美に見とれていた。巨乳だけではなく、蜜蜂のようにくびれた腰にも視線を奪われる。あまりにくっきりくびれているから、白いホットパンツを穿いているヒップがことさらに大きく見えた。俗にグラビアアイドルの理想のスタイルと言われる、ボンッ、キュッ、ボンッ、を体現している。おまけに太腿までむっちりと悩殺的だから、神様が世の男たちに眼福《がんぷく》を与えるためにつくったようなボディラインと言っていい。

「……んしょ」

千奈美は前屈みになって白いホットパンツを脱ぎ、上下の下着だけになった。パンティはブラジャーと揃いで、色は薄ピンク、デザインはごくシンプル——それでも、フロント部分が股間にぴっちりと食いこんで、こんもりと盛りあがった恥丘の形状を露わにしている。むっちりしている太腿もますます存在感を増し、欣一は痛いくらいに勃起してしまった。

「……寝室に行きません？」

下着姿を舐めるようにむさぼり眺めていると、千奈美は恥ずかしそうに下を向いて言った。

4

千奈美があてがわれている部屋は、リビングと寝室が別になっていた。

欣一の部屋は狭苦しいワンルームだったので、差別ではないかと憤りもしたが、そんなことはどうだってよかった。きっと寝室もムーディな間接照明で、キングサイズの高級ベッドが優雅に鎮座しているのだろうと思うと、勃起しきった男根がズキズキと熱い脈動を刻みはじめた。

しかし……。

寝室に辿りつく前に、バスルームが眼にとまった。脱衣所の扉が少しだけ開いていて、中が見えたのだ。他愛もない好奇心でのぞきこんでみると、浴室はガラス張りの扉の向こうにあった。清潔な白いタイル貼りで、浴槽も大人ふたりが一緒に入れるくらい広い。

(なんだよ、まったく。こっちはトイレと一緒のユニットバスなのに……)

怒りが再燃したのも束の間、洗い場の壁一面に張られた鏡が眼に飛びこんできた。スペースを広く見せるための工夫なのかもしれないが、その前に立てば頭の先から爪先《つまさき》まで鏡に映すことができそうである。

「あっ、あのうっ！」

欣一が素《す》っ頓狂《とんきょう》な声をあげたので、千奈美はビクンとして立ちどまった。

「ここで……しない？」

バスルームを指差して言うと、千奈美の可愛い顔は曇った。いったいなにを言いだすのかと、啞然としているようだったが、

「……いいですよ、べつに」

必死に平静を装って返してきた。壁の前でセックスするような趣味が、千奈美にあるとは思えなかった。しかし彼女は、ミツルに会うために我が身を投げだす

覚悟を決めている。献身というものは、つらい思いをすればするほど、する者に満足感と充実感を与えるものだ。千奈美が必死に平静を装っているのは、殉教《じゅんきょう》者《しゃ》にでもなったつもりなのだろう。

「アハハッ、僕の部屋はユニットバスなんで、広い風呂にのんびり浸かりたくってね……」

欣一は明るく笑いかけた。我ながらひどすぎる言い訳だった。これからセックスしようとしている男が、のんびり風呂に浸かりたいわけがない。

「じゃあ失礼して……」

脱衣所に入り、浴室に続くガラスの扉を開ける。浴槽に栓をしてお湯を出し、いったん脱衣所に戻ると、千奈美が青ざめた顔で立っていた。薄ピンクのパンティとブラジャーがまぶしかった。脱いでもらうのが残念なくらいだ。

「それじゃあお先に……」

欣一は服を脱ぎ、ブリーフまで一気に脚から抜いて、勃起しきった男根を露わにする。頭のタオルは若干不自然だが、そのままだ。

「……やだ」

勢いよく反り返って臍を叩いた男根に驚き、千奈美が眼をそむける。だが、青ざめていた顔が、ほのかなピンクに色づいたのを、欣一は見逃さなかった。「推し」より他に神はなしのドルオタでも、意外にセックスの場数は踏んでいるのかもしれない。

「ううう……」

千奈美は羞恥《しゅうち》にうめきながら、両手を背中にまわしていった。ドクンッ、ドクンッ、と欣一の心臓は痛いくらいに胸を叩いている。半キャップのようなブラのカップがはらりと前に落ちると、それに隠されていた圧倒的量感の肉房が、ミルク色に輝きながら姿を現した。

（すっ、すげえ……）

欣一は眼を見開き、息を呑んだ。AVやグラビアでも滅多にお目にかかれないような、超弩級《ちょうどきゅう》の巨乳だった。大きすぎて裾野がやや垂れているものの、それもまた艶っぽい。巨乳というのは乳輪が大きいものだと思っていたが、千奈美の場合はノーマルサイズで、あずき色にくすんでいる。

（エッ、エロいだろ……エロすぎるだろ……）

垂れ目が印象的な可愛い顔をしているせいか、服を着ているときには、あるいは下着姿になったときまでは、彼女にそれほどセクシーさを感じなかった。婚活合宿に来てリアル恋愛を拒否するような態度と相俟って、女の色気がまるで漂ってこなかった。

それがどうだ。ブラジャーを取った瞬間、エロのヴィーナスかと言いたくなるような色香を振りまき、さらにパンティもさげてすべてを脱ぎ捨てると、衝撃的にいやらしくなった。

（パッ、パイパンなのかよ……）

千奈美の股間には、黒い毛が一本も生えていなかった。つるんとした小高い恥丘が、真っ白に輝いていた。昨今は女性の間で脱毛が大流行らしく、ＡＶ嬢でもパイパンは少なくない。

だが、三十五歳まで童貞だった欣一だから、生身のパイパンを見たのは初めてだったし、そのインパクトは想像をはるかに超えていた。

ＡＶではモザイクがかかっている部分だが、パイパンになると立っているだけで割れ目が見えるのだ。つるんとした恥丘の下に縦筋の上端が見え、アーモンドピンクの花びらさえ少しはみだしている。

（巨乳だけでもすごいエロさなのに……）

そこにパイパンまで加わると、破壊力が倍増だった。いや、巨乳とパイパンのミラクルコンボは、いやらしさを何十倍にも引き立てて、男の本能をぐらぐらと揺さぶってくる。

「はっ、入りましょうか……」

欣一は興奮に震える手で千奈美の手をつかむと、浴室に入った。浴室内には、バスタブにお湯を溜める音が響いていた。欣一は興奮のあまりしゃべることを忘れていたし、千奈美も下を向いて押し黙っていたので、浴槽にお湯を溜める音だけがやけにうるさく耳に届く。

欣一はシャワーヘッドを手に取り、お湯を出した。温度を確認してから千奈美の背後に陣取り、脂肪の少ない背中にかけてやる。

「ううう っ……」

覚悟を決めたはずの千奈美がひどく恥ずかしそうにしているのは、正面が鏡だからだろう。頭の先から爪先まで、全身が映っている。もちろん、圧倒的存在感を放つふたつの胸のふくらみも、陰毛をすっかり処理した股間も——さすがに股間だけは両手で隠していたが、無駄な抵抗だ。

「ああっ、いやっ……」

欣一がボディソープを手に取り、巨乳に塗りたくりはじめると、千奈美は羞じらいに身をよじり、股間をしっかり隠していられなくなった。なんとか隠そうとしても、割れ目の上端やアーモンドピンクの花びらがチラチラと見え隠れし、鏡越しにその様子がうかがえる。ミニスカートからのぞくパンティでも、チラ見せはモロ見せよりも興奮を誘う。

（たっ、たまらないな……）

欣一はバックハグの体勢で、千奈美の双乳を揉んでいた。両手はボディソープでヌルヌルだから、ただの愛撫より揉み心地がずっといやらしい。搗《つ》きたての餅のように柔らかい乳肉に指を食いこませようとしても、ボディソープのせいでヌルッとすべる。ぐいぐいと揉みしだきたくてもそれができないもどかしさが、興奮だけをどこまでも高めていく。

「ああんっ！」

乳首をつまみあげてやると、千奈美は声をあげた。眉根を寄せた表情は困惑に彩られていたが、感じはじめていることは隠しきれない。欣一はボディソープのヌメりを利用して乳首を転がしてはつまみ、つまんでは転がした。乳肉の柔らかさに対し、乳首はいやらしいくらいに硬くなっている。コチョコチョとくすぐるように刺激してやると、

「ああっ、いやあっ！　いやあああっ……」

激しく身をよじったが、鏡に映った可愛い丸顔は、生々しいピンク色に染まりきって、欲情をありありと伝えてくる。

（さーて、そろそろ本丸を攻めるかな……）

ボディソープでヌメった右手を、胸から腹部、さらに股間へと這わせていく。そこを隠している千奈美の手をどけ、まずは無毛の恥丘から中指で撫でさすってやる。

「んんんっ……くぅううっ……」

こんもりと盛りあがった恥丘の上で、ヌルリッ、ヌルリッ、と中指を動かすと、ピンク色に染まった千奈美の顔は羞恥に歪んだ。刺激から逃れようと腰も引いたが、そうするとバックハグをしている欣一の股間にヒップがあたる。胸のふくらみに負けないくらい量感あふれる尻肉に、勃起しきった男根が沈みこみ、あわてて腰を前に戻すしかない。

欣一の操る中指は、恥丘から下に向かってじわじわ移動していく。立った状態でも見えてしまう割れ目の上端をちょろっと撫でると、

「あううっ！」

千奈美は喉を突きだしてのけぞった。しゃがみこんでしまいそうだったが、後ろにいる欣一がそうはさせない。左手で巨乳、右手で股間を愛撫しつつ、バックハグでしっかりと支えている。

「ああああっ、ダメッ！」

中指をさらに下まですべらせていくと、千奈美はぎゅっと太腿を閉じた。鏡に映った彼女の両脚は極端なX字になっていたが、そんなことをしてもエロ可愛いだけだ。興奮しきった欣一の中指は、ヌルッ、ヌルッ、と割れ目をなぞっては、くにゃくにゃした花びらをつまむ。指はボディソープでヌルヌルだから、つまんだ感触が身震いを誘うほどいやらしい。

（指を入れてやりたいが……）

ボディソープをつけたまま肉穴に指を入れるのは、なんとなく申し訳ない気がした。そこでいったん愛撫を中断し、シャワーのお湯でお互いの体を洗い流しはじめる。

5

ボディソープをすっかり洗い流すと、気が変わった。

肉穴に指を入れるつもりだったが、それだけではなく、クンニリングスをしてやりたくなった。なにしろ、正面の壁は鏡張りだ。千奈美の両手をそこにつかせ、尻を突きださせると、あまりの興奮に勃起しきった男根が釣りあげられたばかりの魚のようにビクビクと跳ねた。

結合は立ちバック——鏡に映った千奈美を見ていると、他の選択肢が考えられなかった。AVにおいて、バックスタイルほど巨乳を映えさせる体位はない。実際に行なうと女の尻と背中しか見えないだろうが、鏡があればAVにも負けない眼福が味わえるはずだ。

となると、クンニもバックからするのが相応しいだろう。

欣一は、プリッと突きだされた千奈美の尻の前でしゃがんだ。至近距離から見るとすさまじい迫力で、バレーボールがふたつ並んでいるようである。巨大な尻丘なのに、丸みを帯びたフォルムはどこまでも女らしくセクシーで、男心を揺さぶってくる。

(ククククッ、佳織にも立ちバックで愛撫してやったからな……)

あのときは恥丘を振動させるのに電マを使い、舐めていたのはアヌスだが、初めてではないという安心感を胸に、クンニにとりかかろうとした。

しかし……。

スレンダーなモデル体形でお尻も小さめの佳織は、少し脚を開いただけでゆうゆうと電マ責めができたのに、千奈美のお尻はボリューミーすぎて、桃割れをぐいっとひろげても、女の花が遠かった。鼻面を突っこみ、必死に舌を伸ばしても、思ったように舐められない。

「ぅんんっ……ぅんんんっ……」

千奈美がもらすくぐもった声も、なんだか不満を表明しているようだった。どうせ舐めるのならしっかり舐めて――こちらとしてもそうしたいのだが、肉厚で丸みの強い尻丘が相手ではどうにもならず、桃割れに顔が挟まるだけだ。

かくなるうえは……。

「ちょっといいですか？」

欣一は千奈美の左腿をつかみ、浴槽の縁《へり》に足をのせた。そうなると、両脚の間に大きな隙間ができる。欣一はさらにそこをくぐって、パイパンの股間に自分の顔を近づけた。リバースした肩車のような格好である。これなら舌を自由に使えるから、思う存分クンニができる。無理やり桃割れを開く必要もない。

（舐めながら鏡を見ることができないのが、残念だが……）

そのかわり、パイパンの下に息づいている女の花から、いやらしい匂いがむんむんと漂ってきた。童貞を喪失するまで嗅いだことのなかった匂いだし、決していい匂いではないのだが、男の本能をダイレクトに刺激される。くんくんと鼻を鳴らして嗅げば嗅ぐほど、怖いくらいに興奮が高まっていく。

「あううっ!」

陰毛完全処理により露わになっている割れ目の上端をチロッと舐めると、千奈美は甲高い声を放った。くにゃくにゃした花びらが合わさった奥は、敏感な肉芽が埋まっている場所である。チロチロ、チロチロ、と舌先で舐めまわすほどに、千奈美はあんあんと悶え声をあげ、グラマーボディをよじった。鼻腔をくすぐる女の匂いも、みるみる濃厚になっていく。

「むううっ……」

手応えを感じた欣一は、割れ目に唇を押しつけた。花びらを口に含んでしゃぶりまわすと、あまりにいやらしいしゃぶり心地に脳味噌が蕩けそうになる。

「あああーっ! はぁあああーっ! はぁうううーっ!」

千奈美の声が、一足飛《いっそくと》びに甲高くなっていく。「推し」に会うために体を投げだした献身女子も、肉の悦びには抗えないらしい。恋愛のステージを拒絶していても、二十九歳の体には豊かな性感が眠っているのだ。クンニされれば、蜜を漏らしてよがり泣くのだ。

（たっ、たまらんっ……たまらないよっ……）

欣一は夢中になって左右の花びらをしゃぶりまわすと、続いてその間に舌先を差しこんでいった。濡れた肉ひだがぎゅっと詰まった女の穴を舌でほじり、掻き混ぜてやれば、こんこんとあふれてきた新鮮な蜜が口のまわりをべっとり濡らした。鼻の頭にはつるんとした恥丘がこすれ、蕩けてしまった脳味噌がマグマのように沸騰しはじめる。

セックスを経験する前の欣一は、クンニリングスなんて女を悦ばせるためのサービスだと思っていた。しかし実際にやってみると、舐めることの快感に目覚めざるを得なかった。

女の割れ目を下から上に、下から上に舐めていると、舌腹に米粒ほどの突起を感じた。女の性感を司《つかさど》る敏感な肉芽であることは間違いなかった。花びらの合わせ目の中に舌先をねじこみ、ねちねちと転がすように舐めてやると、

「はぁうううううーっ！　はぁうううううーっ！　はぅあああああああああーっ！」

千奈美は手放しでよがり泣き、むっちりと逞《たくま》しい太腿をぶるぶると震わせた。浅瀬にあふれた蜜をじゅるっと啜《すす》れば、興奮しきって欣一の顔を左右の太腿でぎゅーっと挟んできた。

「むむっ！　むむむっ……」

グラマーな女の太腿で顔を挟まれるのは、決して悪い気分ではなかった。このまま窒息寸前までぎゅうぎゅうに挟んでいてほしい気もしたが、千奈美の反応はどう考えても欲情をアピールしていた。早く次の段階に進んでほしくて、そんなことをしてきたとしか思えない。

次の段階——それはもちろん挿入だろう。「推し」のためだと言いながら、結局はこんなにも男根を欲しがるなんていやらしい女だった。マグロを決めこまれてもおかしくないと覚悟していたので、望外の悦びに胸が高鳴る。

（よーし……）

欣一はくぐっていた両脚の間から顔を抜き、立ちあがった。立ちバックの体勢で鏡に両手をついている千奈美は、ハアハアと息をはずませながら、眼の下を真っ赤に染めていた。垂れ目の瞳をねっとりと潤ませて、鏡越しにこちらを見てきた。「早く入れて」と顔に書いてあるようだった。

（いっ、いやらしい……なんていやらしい顔をしてるんだ……）

端整な美貌が喜悦に歪むのもエロティックだが、愛嬌満点の可愛い丸顔が欲情に蕩けているのも、負けず劣らず見ものだった。

欣一ははちきれんばかりに膨張している男根を握りしめると、突きだされた尻の奥にある濡れた花園に、切っ先をあてがっていった。立ちバックは経験したことがない体位だったが、クンニをたっぷりしたおかげで穴の位置はすぐに特定できた。

「いっ、いくよっ……」

声をかけると、千奈美は鏡越しにこちらを見ながらうなずいた。コクコクと首を縦に振ると、下を向いている巨大な乳房がタプタプと揺れた。さらなる眼福の予感に胸を躍らせながら、ずぶっ、と亀頭を割れ目に埋めこんでいく。

「んんんーっ！」

悶える千奈美のくびれた腰を両手でがっちりとつかみ、さらに腰を前に送りだしていく。ずぶずぶと肉穴の奥へと男根を沈めていけば、内側の濡れた肉ひだがざわめきながら吸いついてきた。

「むうう……」

結合の愉悦に、欣一は太い声をもらした。「土手高《どてだか》の女は名器が多い」という俗説をどこかで読んだことがあるが、千奈美の恥丘もずいぶんこんもり盛りあがっていた。稀に見る名器なのかもしれなかった。結合しただけで身震いがとまらないほど気持ちがいいなんて、驚愕を禁じ得ない。

とはいえ、問題もあった。バッククンニを諦めなければならなかったほど、千奈美の尻は大きくて丸い。入れられるところまで男根を入れているはずなのに、なんとなく結合感が浅い気がした。尻の厚みに邪魔されて、奥まで埋めこむことができていないのではないか？

だが、いまさら体位を変えるのも格好が悪いし、立ちバック以外をするならベッドに行かなければならない。結果的にそうなったとしても、まずはこのまま頑張ってみるのが男らしさというものだろう。

「むううっ……」

欣一は大きく息を吸いこむと、腰を動かしはじめた。まずはゆっくりと男根を抜き、もう一度入り直していく。スローピッチを意識していても、何度か抜き差ししているうちに、そうはいかなくなってきた。吸いつきのいい肉穴が、スローピッチを許してくれない。

「むうーっ！」

興奮のままに、怒濤のピストン運動を送りこんだ。パンパンッ、パンパンッ、と巨尻を打ち鳴らしてリズムに乗れば、より深く貫くことができるようだった。千奈美の尻肉は弾力もあるが、柔らかくもある。力をこめて突きあげれば、尻肉がへこんで男根を奥まで届かせることができるようだ。

「あああーっ！　はぁあああああーっ！　はぁあああああーっ！」

パンパンッ、パンパンッ、と突きあげるほどに、千奈美のよがり具合もボルテージをあげていく。グラマーな身をよじり、腰をくねらせ、性器と性器を少しでも強くこすりあわせようとする。

「おおおおっ……」

ただでさえ名器じみた結合感なのに、千奈美が動くと快楽が倍増した。もはや名器であることは疑う余地がなかった。渾身《こんしん》の力で突きあげているのに、さらに奥へ奥へと引きずりこまれていくようだ。

「おおおっ……ダメだっ……もうダメだっ……」

欣一は絞りだすような声で言った。

「もう出るっ！　出ちゃいそうだっ！」

ピストン運動を送りこんでいるのもたまらなかったが、鏡に映った千奈美は生々しいピンク色に染まったアヘ顔を披露しながら、類《たぐ》い稀《まれ》な巨乳をこれでもかと揺れはずませている。眼もくらむような眼福が、射精をみるみる引き寄せていく。全裸で頭に黒いタオルを巻き、顔を真っ赤にして腰を振りたてている自分の姿は滑稽だったが、それはそれ。新鮮な蜜がしとどにあふれる肉穴を突くほどに、男根の芯が甘く疼《うず》きだし、ふたつの睾丸《こうがん》が体の内側にめりこんでくる。

「でっ、出るっ！　もう出るっ！」

「わたしもっ！」

千奈美が鏡越しにすがるような眼を向けてきた。

「わたしもイキそうっ！　イッ、イッちゃいそうっ！」

「一緒にイコうっ！」

色男めいた台詞《せりふ》が咄嗟に出たことに、欣一は驚きもしたし、満足もした。頭に黒いタオルを巻いた滑稽な姿をしていても、女にそんなことが言えるようになった自分に酔いしれていた。

「おおうっ！　おおうっ！」

野太い声をもらしながら、フィニッシュの連打を開始する。息をとめ、最後の力を振り絞って、巨尻に挑みかかっていく。パンパンッ、パンパンッ、という打擲音《ちょうちゃくおん》をバスルーム中に響かせて、恍惚を分かちあう瞬間を目指す。

「おうおうっ、出るぞっ出るぞっ……」

「わたしもイクッ！　もうイッちゃうっ！」

鏡に映った千奈美が、眉根を寄せてぎゅっと眼をつぶった。

「イクイクイクイクイクッ……もうダメッ！　イクからあっ！　イッちゃうからあーっ！　はぁあああああああーっ！」

ビクンッ、ビクンッ、と千奈美が腰を跳ねさせると、同時に肉穴が締まりを増し、五体の痙攣が性器を通じて伝わってきた。これ以上ない快感が射精のトリガーになり、生で結合していた欣一はあわてて男根を引き抜いた。

「おおおおっ……ぬおおおおおおーっ！」

発情の蜜でネトネトになった男根を握ってしごけば、衝撃的な快感がすぐに訪れた。ドクンッ！　ドクンッ！　ドクンッ！　と男根が暴れだし、煮えたぎるような白濁の粘液が飛び散った。

「おおおおっ……おおおおおおっ……」

飛び散った白濁液は、突きあげられすぎてピンク色になった巨尻に着弾し、卑猥なデコレートをしていく。その光景にたまらない眼福を覚えながら、欣一は最後の一滴まで男の精を搾りだした。

（すっ、すげえっ……会心の射精だっ……）

その直後にとんでもない事件が起こるのも知らないまま、欣一は賢者タイムを満喫しようとしていた。

第四章　夜のビーチでドッキリ！

1

キャリーバッグの中を探すと、鼻毛切り用の小さなハサミが見つかった。なんの気なしに入れてきたそれに、これほど救われることになろうとは夢にも思っていなかった。

欣一は、旅行に行くのに鼻毛切りを持参したことなど、いままでに一度もなかった。しかし、今回は婚活合宿の晴れ舞台。鼻毛が飛びだしていたりしたら、女たちにドン引きされるのは間違いない。そこで念のため、バッグに忍びこませておいたのである。

とはいえ、欣一は鼻毛が伸びるのが速いほうではないから、使うことはないだろうと思っていた。実際、鼻の穴がむず痒《がゆ》くなることもなかったので、鼻毛のことなどすっかり忘れていたのだが、千奈美の巨尻に熱い精液をぶちまけた直後に事件は起こった。

（なっ、なんだっ……）

鏡に映った自分と眼が合い、ハッと息を呑んだ。会心の射精を遂げたばかりの男の顔は、筋肉が弛緩しきっていて正視に耐えかねるものだが、そういう問題ではなかった。だらしなく伸ばした鼻の下が黒くなっていた。ロヒゲなどたくわえていないのに、毛が生えていたのだ。

（どっ、どういうことだよ？）

鏡をよくよく見てみれば、鼻の下を黒くしているのは、ヒゲではなく鼻毛だった。鼻の穴の中に生えているはずのものが、そこから飛びだして上唇の上まで伸びていたのである。

「うおおおーっ！」

欣一は野太い悲鳴をあげると、あわてて鼻と口許を隠した。千奈美に背を向けてそそくさと服を着ると、

「それじゃあ、これで……」

千奈美のほうを一瞥もせずに、彼女の部屋を飛びだした。礼儀もへったくれもなかった。自分の部屋に入り、扉を閉めると全身から冷や汗が噴きだしてきた。

ユニットバスに入り、至近距離から鏡を睨みつけた。

「うっ、嘘だ……嘘だろ……」

鼻の穴から飛びだした毛が、柳のように揺れていた。どう考えても普通の鼻毛の長さではなく、おそらくこれも整形手術で強い薬を使ったせい……。

（先生は、体毛が薄くなったり濃くなったりすることが、稀にあるようなことを言っていたけど……）

逆であればなんの問題もないのに、頭髪が薄くなり、鼻毛が伸びるなんてあんまりだった。入れ歯が抜ける不安があるので口が開けず、ピストン運動をしながら「ふんっ！　ふんっ！」と荒々しい鼻呼吸をしていたせいだろうか？　もはやこうなると、モテるモテないの話ではない。ハゲで鼻毛で前歯のない男なんて、笑い者になるしかない。

鼻毛切りを取り出し、あわてて切りはじめた。とにかく長いし量も多く、慣れない作業でもあったので、簡単なことではなかった。

（ちくしょうっ……ちくしょうっ……）

うまく切れないところの鼻毛を毟ってしまうと、涙が出てきた。鼻毛は切ったり抜いたりすればいいから、薄くなった頭髪を隠しているよりはマシなような気もしたが、いつまたドバッと生えてくるかと思うと、絶望したくなってくる。今日はたまたま立ちバックでセックスしていたが、正常位で顔と顔とが接近しているときに鼻毛がドバッでは、笑い者どころかホラーである。

婚活合宿は三日目を終えていた。

残るは二日――首尾よく三人の女を抱くことに成功したので、ここで打ち止めにして合宿から離脱するという選択肢もあるのかもしれなかった。

里穂に佳織に千奈美――いずれもかなりいい女だったし、満足のいくセックスができた。そうであるなら、これ以上を求めるのは欲しがりすぎというものではないか？

（もうダメだ。歯抜けにハゲに鼻毛じゃ、セックスどころじゃないよ……）

いますぐ実家に飛んで帰って親に土下座してでも金を借り、一刻も早く韓国に向かったほうがいい。そうすれば、とりあえず頭髪や鼻毛のトラブルは解決できる。前歯のメンテナンスには時間がかかりそうだが、そうであるならよけいに、さっさと歯医者に行くべきだ。

しかし……。

かなりの窮地に立たされているはずなのに、欣一はどうしても、ケツをまくって逃げだす気にはなれなかった。

女性参加者五人全員とセックスするという目標を立て、あとふたりでそれは完遂できる。残るふたりはどちらも上玉――好物をあとにとっておくタイプの欣一は、楽しみを残しておいたのである。五人のうち三人を抱いたとはいえ、いま逃げだせば後悔だけが残りそうだ。

（大丈夫だよ……大丈夫さ……）

頭にはタオルを巻けばいいし、鼻毛が突然伸びる問題も、そうだとわかっていればなんとか対処できるだろう。前歯の入れ歯だって、今日は口から飛びださなかった。なにもあと一カ月ここにいようという話ではない。このままなんとか押しきれるはずだ。あと二日……あとふたり……。

自分がただのヤリチンであれば、ここまで粘ることはなかったかもしれない。しかし、欣一にとってこの婚活合宿は、五年もの歳月をかけた計画の集大成、人生を懸けた大一番なのだ。

三十五歳まで夢に見ていただけのセックスは、想像をはるかに超えて気持ちがよかった。いや、そんな生ぬるい言葉では表しきれないほど、めくるめく快感と衝撃的なエクスタシーを味わえた。

男も女も、老いも若きも、夢中になってそれを追い求めている理由が、経験してみると理解できた。韓国に飛んで体毛問題を解決し、前歯のメンテナンスもするとなると、欣一は再び、長い潜伏期間に入ることになる。五年まではかからなくとも、数カ月はかかるだろう。そうであるなら、いまこの場で、満腹になるまで女を抱いておかなければ……。

2

四日目の朝が来た。

この日のターゲットは神宮寺《じんぐうじ》梨花《りか》、二十七歳――ある意味、この婚活合宿の目玉と言っていい存在だった。初日の顔合わせで彼女が挨拶を始めると、男性参加者がいっせいに眼を輝かせ、身を乗りだした。

「神宮寺梨花です。素敵な出会いを求めてこの合宿に参加しました。本気で結婚したいです。本気の人だけ、わたしに声をかけてください……」

挨拶の口上はクールで、いっそぶっきらぼうなほどだったが、彼女は芸能人なのだ。ティーンエイジャー御用達のファッション雑誌のモデルとして頭角を現し、一時はＣＭにもよく起用されていた。最近は女優業に軸足を置きつつも、本音ぶっちゃけ系のトークバラエティに出演することも多い。

そんな芸能人が、なぜ一般人向けの婚活合宿に参加したのか？

はっきり言ってしまえば、落ち目だからである。

落ち目というか、もともと大ブレイクしたわけではなく、欣一にしてもかろうじて顔と名前が一致するくらいの知名度だった。この合宿に参加してからネットで調べたところによれば、モデルとして頭角を現したのは十年くらい前の話だし、CMに出ていたのだって五、六年前。女優といっても主役ではなく、三番手、四番手、五番手……下手をすれば回想シーンに出てくるだけの主人公の元カノ役だったりする。

そういうポジションに、彼女自身も危機感を抱いているのだろう、ここ最近は、トークバラエティで「結婚するなら絶対一般人！」と主張して注目を集めているらしい。芸能界に棲息《せいそく》する男たちは、演者であろうが裏方であろうが、下半身がゆるすぎると舌鋒《ぜっぽう》鋭く糾弾《きゅうだん》している動画が見つかった。

「何股もかけてたり、平気で女をポイ捨てしたり……既婚者でも不倫なんて当たり前で、趣味はキャバクラと風俗通いとか、この業界の男の人って、本当に信じられないくらい女癖が悪すぎる！」

実際のところはどうなのかわからないし、人気を得るために毒舌キャラを演じているだけなのかもしれないが、そういう発言はSNSで派手にバズったという。他人を批判するにはそれなりのマナーが必要だが、不倫や浮気だけは問答無用で罵詈雑言《ばりぞうごん》を投げつけてもいいというのが昨今の風潮だ。そういう連中は玉《たま》の輿《こし》に乗りたがる女より、ごく普通の一般人と結婚する女のほうが好きだから、毒舌を吐きすぎて引っこみがつかなくなった梨花は、是が非でも一般人の男をゲットしようと、この婚活合宿に参加してきたのかもしれない。

（下半身のゆるい男なんて、一般人でもたくさんいるよ。いや、マスコミの監視がないぶん、一般人のほうがやりたい放題なんじゃ……）

そう思わないこともなかったが、梨花の美しさは偽物ではなかった。端整な眼鼻立ち、つやつやの長い黒髪、スタイルも均整がとれていて、声まで綺麗に透き通っているから驚きだった。それに、たとえ落ち目でも芸能人のオーラがたしかにある。気やすく声をかけられないというか、非礼を働くことは許されないというか、アンタッチャブルな雰囲気が……。

となると、婚活の場では孤独だった。

昼間はいい。海の家で働いているときは、「あれ神宮寺梨花じゃない？」「なんかの番組の収録かしら？」「顔小さっ！　本物はあんなに綺麗なんだ！」とコソコソささやかれたり、写真やサインをせがまれたりしていた。梨花はそれには応じなかったが、かわりにとびきりのスマイルで「ありがとうございましたー」と送りだすから、断られたほうも笑顔で海の家をあとにした。

しかし、夜になると彼女にアプローチしようという男は皆無だった。世間話をしようとする者すらひとりもいない。男たちにしても結婚したいからこの場にいるわけで、どう見てもハードルが高そうな芸能人を回避するのは必然なのである。かといって、自分から一般人の男にアプローチするのはプライドが許さないのか、いつもひとりで食事をし、ひとりで酒を飲んでいる。

（そろそろ頃合いだな……）

満を持して、欣一は梨花に声をかけることにした。どう見ても最高の獲物である彼女を後まわしにしたのは、好物をあとにとっておきたいという習性にもよるが、タイミングを見計らっていたのである。

平静を装っていても、彼女は内心で苛立っているはずだった。普段は芸能人としてちやほやされている自分が、一般人の男に声すらかけられない――それが四日目ともなると、苛立ちを通りすぎて、諦めの境地にいる可能性も大きかった。

もはや結婚なんてどうでもいい、自分ひとりで面白おかしく生きたほうがよほどマシだと、匙《さじ》を投げていたっておかしくない。

「ここ、座ってもいいですか？」

欣一は微笑を浮かべて声をかけた。梨花は四人掛けのテーブル席でひとりでグラスを傾けていた。シングルモルトだろうか？　ウイスキーをオン・ザ・ロックで飲んでいる。

「……どうぞ」

ひどくつまらなそうに、梨花は答えた。内心では小躍りしているのか、本気でつまらない気分なのかはわからない。

「ありがとうございます」

欣一は隣の席に腰をおろし、しげしげと彼女を見た。昼間はパンツスタイルで働いているが、夜になると彼女はかならずワンピースに着替えた。今夜は濃い紫だった。高貴な色合いが、端整な美貌によく似合っている。

「乾杯してもらっても？」

グラスを差しだすと、梨花は乾杯に応じてくれた。彼女に合わせ、欣一もウイスキーのオン・ザ・ロックをカウンターでつくってきていた。

「婚活っていうのも、大変なもんですよねえ……」

欣一は遠くを見る眼つきで、長い溜め息をつくように言った。

「僕なんかなにも考えないで参加したから、勝手がわからなくて全然うまくいきませんよ。もう諦めの境地です」

梨花は悪戯っぽく鼻に皺を寄せた。

「わたしも……なんか場違い感が半端なくて、参加したのを後悔してます。途中で逃げだすのは悔しいから、歯を食いしばって我慢してますけど……なんかもう、結婚なんてどうでもいいや」

眼が合うと、お互いにふっと笑った。波長が合った気がした。曲がりなりにも芸能人を相手にそんなことが起こるなんて、欣一は内心でかなり驚いていた。この三日間で、三人もの女を立てつづけに抱いたからだろうか？　童貞のころなら考えられない展開である。

「じゃあ、いまは婚活を忘れてお酒を楽しみましょう」

「いいですね」

もう一度グラスを合わせて乾杯する。

「梨花さん、投資が趣味なんですよね？　以前、ネットの記事かなにかで読みましたが……」

「あー」

梨花は大きな黒眼をくるりとまわした。

「趣味っていうか、格好つけてそんなこと言ってた時期もありますけど……」

「なるほど」

「事務所の先輩に勧められて、ワンルームマンションを買ったんですよ。すんごい小さいですけど場所がよかったから、ぎりぎりローンより収益がいいってくらい」

「いまの時代、やっぱり投資するなら不動産じゃなくて株式でしょうね」

「ええっ？」

梨花は鳩が豆鉄砲を食ったような顔をした。欣一はアーバンイーツの配達員であることを公言しているから、投資に興味があるとは思っていなかったのだろう。

「こう見えて僕、投資ガチ勢なんですよ。アーバンイーツは健康を維持するためにやってるだけで。ジムの中で汗を流してるより、街中で自転車を走らせているほうが気持ちがいいじゃないですか」

「やっぱり株式ですか？」

梨花が話に食いついてきたのを、欣一は鋭く察した。さすが芸能人と讃えるべきか、表情管理に抜かりはなく、平静を装っていたけれど、グラスを持ちあげたまま口に運ばず宙に浮かせている。

「僕の友達に、株式の天才がいるんですよ。天才投資家」

「へぇえ……」

「香港《ホンコン》大学を出てからハーバードにも行って、一時は金融の本場であるウォールストリートでも働いていたやつなんですけどね」

「中国の方ですか？　中華系アメリカ人？」

「いやいや、混じりっけなしの日本人ですよ。僕の小学校の同級生ですから」

欣一は笑い、グラスを傾けた。

「とにかくものすごく頭がよくて、小三くらいで高校の数学とかやってましたからね。でも、そういうやつってバランスが悪いというか、性格がいびつなもんじゃないですか？　団体行動が極端に苦手で、授業中座ってられないから先生によく叱られてて。子供のくせに頑固な変人だから、当然のようにいじめられっ子だったし、もう不登校寸前ですよ。でもまあ、どういうわけか僕とはウマが合ったんで、やつが学校をサボった日はプリントとか家に届けにいくんです。そうすると、自作パソコンを操ってオンラインゲームで外国人と戦ってたりして、いやあ、本当にマイペースな小学生だったな」

「面白いですね」

　梨花はクスクスと笑ったが、眼だけは笑っていなかった。彼女が知りたいのは、マイペースな小学生の話ではない。

「どういうところが天才なんですか？　投資家として」

「うーん、そいつは佃島《つくだじま》のタワーマンションに部屋をもってるんですが、放浪癖がすごくて、年がら年中、海外をふらふらしてるんです。それで、ひとりで異国の文化にどっぷり浸かっていると、だんだん自分が誰だかわからなくなってくるとかで、頻繁にLINEしてくる。プライヴェートな友達が、他にはいないやつなんですよ。他愛ないやりとりをしてるだけなんですが、向こうにとって僕は、現世との命綱みたいなところがあるみたいで、非常に感謝されてる。それでお礼がわりに、極秘の投資情報を教えてくれるんです。『次はインド株の○○を狙え』みたいな……僕も最初は半信半疑で、それでもやっぱり不労所得は魅力的だから、小遣い程度から投資してみたところ……すさまじい確率で値上がりするんですよ、これが。もちろん、下がっちゃう銘柄もあるんですけど、『大丈夫、いまは静観だ』ってやつが言うからその通りにしてたら、何年かするとやっぱり値上がり、爆上がりして、気がつけば億万長者に……」

「おっ、億万っ……」

啞然としている梨花に、欣一はスマホの画面を見せた。そこに映っているのはもちろん、偽造したネットバンキングの入出金明細である。

3

欣一は梨花を誘いだし、夜のビーチを散歩した。

月が頭上に煌々《こうこう》と輝いていたので、散歩にはうってつけの夜だった。潮騒《しおさい》は耳にやさしく、潮風は昨日ほど湿気を孕んでいなかったので、男と女が愛について語りあうためのロマンチックなムードが、すっかりできあがっていたと言っていい。

とはいえ、欣一が求めているものは愛ではなく、セックスによるめくるめく快感だった。落ち目といえど芸能人オーラを放っている梨花を裸に剝き、ひいひい言わせてやりたくてしかたがなかった。

一方の梨花も、愛なんてどこ吹く風だろう。彼女の頭の中はいま、投資のことでいっぱいだろう。欣一の友達だという天才投資家について、もっと詳細に知りたくてしかたがないはずである。

この婚活合宿に参加する前、彼女は本当に結婚したかったのだろう。相手は一般人がいいというのも、嘘ではないのかもしれない。

ただ、女が結婚に求める究極の目的は金だ。もちろん、恋するときめきや、生涯の伴侶が見つかった精神的安定感——そういうものだって求めているに違いないが、大金が転がりこんでくるとなると話は別だ。

先ほど、ネットバンキングの入出金明細を見せてやると、梨花はそわそわしはじめ、散歩に誘うとふたつ返事でついてきた。

この人と結婚すれば億万長者になれる——たとえば里穂のような女はそんな感じで胸を高鳴らせていただろうが、梨花は違う。

トークバラエティ番組で毒舌を吐きまくった行きがかり上、一般人との婚活合宿になど参加してみたものの、芸能界を目指すような女は元来、自立心旺盛な野心家だ。しかも、寄ってたかってちやほやされるのが大好きな自己中だから、本当は結婚なんてしたくないのだ。

結婚なんてしなくても、彼女ほどの美人なら男に困るわけがない。経済的に安定するなら、いや、安定を超えた富裕層になれるのなら、生涯独身だってかまわないのである。

（彼女はそういうタイプと考えて間違いないはずだ……）

この国では、有名人になることのアドバンテージは計り知れない。だがその反面、ネットに過去が保存される。一般人ならせいぜいブログやＳＮＳだが、芸能人となると、過去に出演した番組やインタビューが動画で残っていたりする。

欣一は合宿初日に梨花を見てから、でき得る限り過去を探った。彼女へのアプローチ作戦は、それを精査して立てたものだ。

梨花が本当に、喉から手が出そうなほど欲しいのは金だ。富裕層にさえなれれば、自由気ままに暮らせるし、いまいちパッとしなかった芸能人としての立ち位置だって挽回《ばんかい》できる。

ハイブランドの服やアクセサリー、三つ星レストランでの豪華ディナー、高級ホテルでのアフタヌーンティー、そういうものをＳＮＳにアップしているだけで、フォロワーは大量に生まれる。美容に詳しくなってコスメブランドを立ちあげてもいいし、アパレルブランドとコラボしてもいいし、なにをやっても倍々ゲームだ。

金さえあれば……。

投資で大金さえつかんでしまえば……。

(静かだ……)

欣一は、梨花を落とす最終局面を迎えた緊張感を嚙みしめた。

夜のビーチには、穏やかな潮騒と砂を踏むふたりの足音しかしない。葉山には海の家がいくつもあり、大人向けのところは酒を出して遅くまで営業しているのだが、もうすべての灯りが消えている。

「さっきのお話ですけど……」

梨花が声をかけてきた。月明かりに照らされた彼女の横顔は冴えざえとして美しかったが、並々ならぬ覚悟が伝わってきた。

「天才投資家さんのお話、もう少し詳しく聞かせていただけませんか?」

「ハハッ……」

欣一は乾いた笑みをもらした。

「あなたが知りたいのは、僕の友達のことじゃなくて、僕の友達が教えてくれる極秘情報でしょ?」

「えっ……」

図星を突かれた梨花は、バツが悪そうに絶句した。

「いやいや、咎めているわけじゃないですよ。あなたはきっとそういう反応を示すと思って、僕も話を振ったんですから」

「……どういう意味ですか？」

梨花が眉をひそめたので、欣一は大きく息を吸いこんだ。いよいよ勝負に出るときだった。相手は芸能人だから、下手を打ったらまずいことになるかもしれないが、御《ぎょ》してしまえる手応えがある。

「共犯者になりませんか？」

「えっ……」

梨花がハッと息を呑む。

「あなたはその若さで投資に興味をもち、実際に不動産まで所有している。要するにお金が欲しい。わかりますよ。誰だってお金は欲しいものですが、あなたからはそれ以上の情熱を感じる」

「なんだか……遠まわしにディスられてるみたい……」

梨花が酸っぱい顔になる。

「そうじゃないです。あなたがお金を欲しいなら、僕は協力することができる。友達からのLINEを転送するだけだから簡単な作業だ。もちろん、投資だから損をする可能性もありますが……僕が彼を信じてどれだけ蓄えることができたのか、さっきネットバンキングの明細を見せましたよね？」

「……はい」

梨花は静かにうなずいた。しおらしい顔をしていても、心臓は爆発せんばかりに高鳴っているはずだ。

「僕はあなたに、天才投資家からの情報を横流しすることができる。逆に……あなたは僕になにをしてくれますか？」

梨花は顔をこわばらせ、眼を泳がせた。

「難しいことじゃない。僕は結婚も恋愛も望んでいない。でも、あなたには魅力を感じている。もうはっきり言いましょう。性的な魅力を、です……」

梨花は押し黙ったままだった。沈黙が続く中、不意に潮風が強く吹いた。雲が動いたのだろう、月明かりが翳《かげ》り、ビーチは漆黒の闇に染まった。欣一は手を伸ばし、梨花の二の腕をつかんだ。欣一が引き寄せるのと、梨花が身を寄せてきたのが、ほぼ同時だった。

「だっ、抱かせればっ……いっ、いいんですね？」

夜闇に放たれる梨花の声はか細く、可哀相なほど震えていた。これまで枕営業とは無縁できたらしい。さして売れているわけでもないのに、割り切ってお偉方《えらがた》に体を使うことができない――内心で苦笑がもれる。そんなことだから落ち目になってしまうのだし、彼女も後悔しているだろう。チャンスの女神には前髪しかないことを、うんざりするほど思い知ったはずだ。

「ぅんんっ……」

抱きしめて唇を重ねた。お互いに口を開くと、舌を差しだしてねっとりとからめあった。

（やったっ！　やったぞっ！）

欣一は胸底で快哉《かいさい》をあげた。今回の女性参加者の中でも、もっともハードルが高いと思われた芸能人と、ついにキスまでこぎつけた。それも、ただのキスではない。ギブ＆テイクが成り立った証としてのキスなのだ。こちらが投資情報を教えるかわりに、彼女は体を差しだす。つまり、キスだけではなく、最後まですることができるのである。

潮風が吹き、月が再び顔を出した。舌をからめあうディープキスのおかげで、梨花の眼の下は生々しいピンク色に染まっていた。女が欲情しているサインであると同時に、見ているだけでたまらなくいやらしい気分にさせられる。

（どうしたものか？　部屋に戻るか？）

一瞬そんな気分にもなったけれど、また潮風が吹いて月明かりが翳った。あたりに人影はないし、この場で行為に及ぶのも悪くないかもしれなかった。月が雲から出たり入ったりする夜のビーチはロマンチックだし、月が隠れればすべてが闇に沈められ、自分の手指さえよく見えない。なんとも都合のいいシチュエーションだった。欣一は薄毛になった頭に黒いタオルを巻いており、いつそれがとれてしまうかわからない。興奮しすぎて口を開いてハアハアすれば、前歯が抜けるリスクもあるし、鼻毛だっていつまた急に伸びだすかわからないのだ。

想定外のアクシデントが起こったとき、暗闇に逃げこめるのは好都合だった。もちろん、月が出ていれば明るいが、なんとなく雲が多くなってきたような気がする。

「ぅんんっ……ぅんんっ……」

ねちゃねちゃと下品な音をたてて舌をからめあっても、潮騒と潮風のおかげでロマンチックなムードはなくならない。

とはいえ、欣一が求めているものは、ロマンチックな恋物語ではなかった。肉欲だけを追い求めて組んずほぐれつからまりあう、獣じみたセックスだ。整形手術で容姿を整え、真っ赤な嘘で武装するまで、自分に見向きもしなかった女たちへの復讐だ。

欣一は唇を離し、梨花を見つめた。彼女の眼は美しいアーモンド形で、黒い瞳が大きい。真顔でいれば凛《りん》として見えるが、いまは媚《こ》びを含んだ上眼遣いだ。女という生き物は、たとえ打算にまみれて体を使う場合でも、ロマンチックな恋物語を夢見たいのかもしれない。

そんなまぼろしをぶち壊すように、欣一は言った。

「舐めてくださいよ」

野外でのディープキスにより、ズボンの中のイチモツは勃起していた。もっこりとふくらんだ隆起を、梨花の太腿にぐいぐいとあててやる。

「こっ、ここでですか？」

梨花は唖然としたようだったが、

「ま、嫌なら無理にとは言いませんけど……」

欣一がつまらなそうに吐き捨てると、あわてて足元にしゃがみこんだ。ぶるぶると震えている指先でベルトをはずし、ズボンのファスナーをさげて、ブリーフごとめくりおろしていく。

ブーンと唸りをあげて男根が反り返った。吹きつけてくる生暖かい潮風が気持ちいいと思ったが、梨花の吐息だった。

「……ぅんあっ！」

梨花が口を開いて亀頭を頬張る。ヌメヌメした口内粘膜の感触が、欣一の腰をぐっと反らせる。

「むううっ……」

天を仰ぎ、快感を嚙みしめた。芸能人に舐めろと言っていきなりフェラチオさせることができるなんて、世を統《す》べる王様にでもなった気分だった。

4

「ぅんんっ……ぅんんっ……」

鼻息をはずませながら、梨花が男根をしゃぶってくる。雲の隙間から月が顔を出すたびに、端整な美貌が淫らに歪んでいる様子がうかがえる。見た目のいやらしさは衝撃的だったが、梨花のフェラはうまくなかった。三十五歳まで童貞だった欣一にもわかるくらいおどおどしていて、遠慮がちだ。

（場数を踏んでない、ってことか……）

なんとなく想像はついたが、梨花はセックスが苦手なのかもしれない。芸能人で性を謳歌《おうか》していればスキャンダルのリスクがあるから、品行方正に日々を送りたくなる気持ちはよくわかる。そういう女に、月明かりに照らされた夜にビーチでイチモツをしゃぶらせていると、ただの肉体的快感だけではなく、なんとも言えない達成感がこみあげてくる。

（俺もついに、ここまで辿《たど》りついたんだな……）

婚活パーティに参加しては女に洟も引っかけられなかったみじめな日々や、韓国の安宿にひとり閉じこもって整形手術のダウンタイムに耐えていた苦悩の時間が蘇ってきて、頭の中をぐるぐるまわる。

だが、奮闘努力の甲斐があり、ついに芸能人を野外でひざまずかせてフェラさせるところまで来たのだ。かくなるうえは、存分にこの時間を楽しまなければ、過去の自分に申し訳が立たない。

「ぅんぐうぅうーっ！」

梨花が鼻奥で悲鳴をあげた。欣一が彼女の頭を両手でつかみ、腰を動かしはじめたからである。口唇を肉穴に見立ててずぼずぼと穿《うが》ってやると、梨花の下手なフェラより何倍も気持ちよかった。梨花がひどく苦しそうにしているのもいい。勃起しきった男根を根元まで埋めこむと、亀頭が喉奥の狭まったところまで届いた。そこをつんつんしてやると梨花はえずきそうになり、眼に涙を浮かべる。

「……ぅんああっ！」

さすがに可哀相になって、欣一は梨花の口唇から男根を抜いた。梨花は口を開いたまま、大量の唾液を砂浜に垂らした。ゲホゲホと咳きこんでいるのは気の毒だったが、欣一に手綱をゆるめる気はなかった。

「あああっ……」

砂浜に押し倒すと、梨花は眉根を寄せた苦悶の表情になった。欣一は彼女に添い寝をする格好になり、キスをした。フェラのお礼とばかりに情熱的な口づけをしつつ、右手で胸をまさぐりだす。

「ぅんんっ！　くぅぅうーっ！」

梨花は紫色のワンピースを着ていた。夏物なので生地が薄く、ブラジャーの感触が服越しにも伝わってくる。

彼女は巨乳ではなく、美乳だった。ネットで過去の画像を探っていると、水着の写真が何枚も見つかった。三角ビキニに隠された隆起は、素晴らしく形がよかった。丸いのではなく、ロケットの先端のように前に向かって迫《せ》りだしている。

揉んで、と言わんばかりに……。

都合のいいことに、紫色のワンピースは前ボタンだった。それをはずしにかかると、

「こっ、ここでするんですか？」

梨花は困惑しきった顔で言った。

「ハハッ、いいじゃないか」

欣一は余裕で受け流し、ワンピースの前を割った。姿を現したブラジャーは、レースや刺繍で豪華に飾られたワインレッドだった。燃えるような色合いが、欣一の興奮を煽《あお》りたてる。

「あっ……んっ……」

ブラ越しに乳房を揉むと、梨花は半開きの唇を震わせた。ぐいぐいと指を動かすほどに、欣一の顔は熱くなっていった。童貞時代は、ＡＶでブラ越しに乳房を揉むシーンがあると、早く脱がせろよ！　と苛々したものだ。しかし、いまなら

それをやりたくなる気持ちがよくわかる。レースや刺繍のざらついた手触りの奥に感じる、弾力に富んだ乳肉の揉み心地がいやらしすぎる。

「いっ、いやんっ……」

カップを強引にめくって乳首を露出すると、梨花の美貌は羞じらいに歪んだ。

欣一としては、過去の水着画像を見て妄想を逞しくしていた美乳のフォルムを拝みたかったが、背中のホックをはずすのが面倒だった。それに、美乳であればこそ、カップをめくられたブラジャーにいびつな形にされている姿がエロティックでもある。美は乱調にあり、だ。

「あううっ！」

先端をチロチロと舐めてやると、乳首はにわかに硬く尖り、女体の欲情を伝えてきた。欣一は興奮しつつも不満だった。乳首を舐めていると梨花の顔を拝めない。芸能人のアヘ顔ほど、男の興味をそそるものはない。

（そうだっ！）

素晴らしいアイデアを思いつき、欣一はパチンと指を鳴らしたくなった。指を鳴らすかわりに、右手を梨花の下半身に這わせていく。

「あっ、あのうっ！」

梨花が焦った声をあげた。焦りが声量を大きくしていた。梨花はここが野外であることに気づき、あわてて手で口を塞いだが、そんなことをしなくてもまわりには誰もいない。

「お願いです。やっぱりここじゃやめましょう」

「なぜ？」

「だって……砂が入ったら……あれだから……」

すがるような眼つきをし、恥ずかしそうな小声で言ったが、欣一の答えはＮＯだった。

なるほど、梨花の意見はもっともだった。欣一にしても、そういう話をどこかで読んだことがある。砂浜でセックスすると、肉穴に砂が入って痛い――女だけではなく、男も泣きそうになるほど痛いらしいが、心配はご無用だ。先ほどの素晴らしい思いつきを実行すれば、痛くなることはない。

「大丈夫、大丈夫……」

欣一は子供をなだめるように言いながら、ワンピースの裾に右手を忍びこませていった。さらに上体を起こし、梨花の両脚の間に移動していく。ワンピースの裾はくるぶしまであるマキシ丈だから、これもまた砂よけに役立ってくれそうである。

「なっ、なにをっ……」

戸惑う梨花の両脚をM字に割りひろげ、背中を丸めていった。でんぐり返しの要領で女体を押さえこむ、マングり返しに……。

「いっ、いやっ！　いやですっ！」

梨花が声音を尖らせて首を振る。

「こっ、こんな格好っ……許してっ！」

「どうしてだい？　これなら間違ってもオマンコに砂なんて入らないよ」

欣一は下卑た笑いをこぼしつつ、梨花の顔と股間を交互に見た。彼女はまだ、ワインレッドのパンティを穿いていた。おあつらえ向きに、ハイレグのTバック――頼りないほど細いフロント部分に指を引っかけて片側に寄せれば、冴《さ》えた月明かりが女の花を照らしだす。

「あああーっ！」

梨花が痛切な悲鳴をあげ、バタバタと脚を動かした。といっても、動かせるのは膝から下だけだ。欣一は左右の太腿をしっかりとつかみ、梨花が動けないように押さえこんでいる。

「いい眺めだ……」

にわかに口内に唾液があふれ、舌なめずりをしてしまう。

「よけいなものがないから、綺麗なオマンコがすっかり丸見え……」

梨花の股間はＶＩＯが清潔に処理されていた。流行りに乗じてというより、水着になる仕事もあるからだろう。

アーモンドピンクの花びらが剝きだしで、くにゃくにゃと縮れながらぴったりと口を閉じているのが見える。その姿は花というよりまだ蕾《つぼみ》で、開花するには刺激が足りないようだった。

欣一は舌を差しだし、先端を尖らせて舐めはじめた。下から上に、下から上に、ツツーッ、ツツーッ、と花びらの合わせ目をなぞりたててやる。

「くぅううーっ！　くぅううーっ！」

梨花はきつく歯を食いしばり、右に左に首を振った。艶やかな長い黒髪がうねうねと波打ち、砂にまみれていくのが申し訳なかったけれど、やめる気にはなれなかった。

マングり返しが素晴らしいのは、クンニをしながら女の顔を眺められるところだ。芸能人のアヘ顔を思う存分むさぼり眺めれば、女の花を愛でている舌の動きも熱を帯びていく。

欣一は夢中で舌を躍らせた。花びらの合わせ目をしつこいくらいに舐めあげていると、やがて開いてきてつやつやと輝いている薄桃色の粘膜がチラリと見えた。すかさず花びらを口に含んでしゃぶりまわし、くにゃくにゃした卑猥な感触を堪能する。左右ともじっくりしゃぶってやると、花びらは開ききり、蝶々のような形で内側を無防備にさらけだした。

「あああああーっ！　はぁあああーっ！　くぅうううーっ！」

梨花はいよいよ肉の悦びに溺れはじめ、けれどもここが野外であることを思いだし、必死になって声をこらえる。彼女には申し訳ないが、そんな表情もいやらしすぎて、欣一は脳味噌が沸騰するほど興奮した。

じゅるっ、じゅるるっ、とあふれた蜜を音をたてて啜りあげる。音をたてているのはわざとである。梨花はクンニの快感と屈辱的な羞恥に挟まれ、紅潮しきった顔をくしゃくしゃに歪めていく。

（それじゃあ、いよいよ……）

欣一は奮い立つと、伸ばした舌先を鋭く尖らせた。アーモンドピンクの花びらが蝶々のように開いているから、クリトリスの位置を特定するのは簡単だった。

尖らせた舌先で、ねちねちと敏感な肉芽を転がした。梨花のそれは大きかった。千奈美のクリは米粒ほどだったのに、梨花は大豆くらいある。大きいということは、それだけ感度が高いのか？　あるいは鈍いのか？

「はっ、はぁうううううぅーっ！」

どうやら感度は高いらしく、梨花は声をこらえていることができなくなった。欣一はクリトリスをねちっこく舐め転がしながら、両手を彼女の胸に伸ばしていった。強引にブラのカップをずりさげて露出した左右の乳首を、コチョコチョ、コチョコチョ、とくすぐるようにいじってやる。

「はぁうううぅーっ！　はぁうううううぅーっ！」

三点同時攻撃に、梨花のあえぎ声は甲高くなっていく一方だった。彼女は透き通った綺麗な声の持ち主だったが、あえぎ声は喜悦と羞恥に歪み、震えながら長く尾を引き、月が雲に隠れた漆黒の夜空に舞いあがっていく。

5

（おっ、おいしいっ……なんておいしいオマンコなんだっ……）

欣一は忘我の境地でクンニリングスに没頭していた。

舌先でクリトリスを舐め転がすだけではなく、薄桃色の粘膜をペロペロ舐めたり、浅瀬にヌプヌプ舌を差しこんだり、思いつく限りのやり方で刺激しては、じゅるっ、じゅるるっ、と音をたてて蜜を啜る。

三十五歳まで童貞だった欣一は、クンニは男が女にする奉仕であり、潤滑油を分泌させるためのしんどい作業だとばかり思っていた。しかし、あまりのおいしさに舐めるのをやめられない。女性器がこれほど美味であったなんて、いままで夢にも思ったことがない。

おそらく、梨花の匂いが薄いからだ。蜜は大量にあふれてきても、フェロモンが微香性なので、ほのかに香る匂いを追い求めて舌を使う。舌の付け根が痛むのにも負けず、貝肉質の柔肉をしつこく舐めつづけていると、微香性の奥の奥にわずかな甘味が感じられ、それが途轍《とてつ》もなくおいしいのだ。

欣一はセックス初心者であるから、匂いが薄い女性器のほうが相性がいいのかもしれない。グルメな人ほど、ブルーチーズや臭豆腐《しゅうどうふ》など、匂いが強い食べ物を好むようになるというから、その反対だ。

なんだかオールドルーキーみたいで恥ずかしかったが、自分の嗜好には逆らえなかった。舐めつづけたいという衝動を抑えきれない。ましてや梨花はパイパンだから、見た目からして清潔感がある。舐めて舐めて舐めまわすほどに、恍惚としていく自分がいる。

一方……。

そんな調子で熱烈に舐めまわされている梨花のほうは、たまったものではなかったらしい。

「あああっ、いやっ！　ああああっ、いやあああああーっ！」

長い黒髪を砂まみれにして振り乱し、あえぎにあえぎ、よがりによがっている。月が雲の間から顔をのぞかせるたびに、芸能人である証の美貌が照らされ、淫らに歪んでいるのが見える。きりきりと眉根を寄せ、ぎゅっと眼をつぶり、小鼻を赤く染めて、半開きの口からは荒々しい呼吸がとめどもなくあふれる。

「ダッ、ダメッ！　ダメですッ！」

不意に眼を見開くと、すがるようにこちらを見た。

「ダッ、ダメよっ！　ダメですからっ！」

なにがダメなのか言葉にされなくても、欣一に意味は伝わった。イッてしまいそうなのだ。野外でマンぐり返しにされ、アヘ顔と恥部を交互にむさぼり眺められながら、オルガスムスに達してしまうのは恥ずかしすぎる――梨花はそう考え

ている に違いない。

(たしかに、芸能人のプライドもなにも、あったもんじゃないよなあ……)

欣一は内心でほくそ笑んだ。しかし、プライドを揺るがすハレンチな事態であるからこそ、彼女にはイッてもらいたい。しかも、恥も外聞も捨てさせて絶頂に導いたのが他ならぬ自分となれば、男としての自信となり、満足感にも繋がるはずだと欣一は考えた。

(いや、ちょっと待てよ……)

梨花は五体をぶるぶると震わせて、いまにもイッてしまいそうだったが、欣一は女の花から口を離した。このままあっさりイカせるより、芸能人の威光を笠に着た女のプライドをもっと揺さぶってやりたくなったからだ。

「えっ？　ええっ？」

オルガスムスを寸前で逃した梨花は、驚愕に眼を見開いた。けれどもすぐに、眉根を寄せて眼を細め、もどかしさに身をよじりだす。

「イキたいのかい？」

梨花は息をとめ、細めた眼でこちらを睨んでくる。

「イキたいならイキたいって、はっきり言えばいいじゃないか？」

「くっ……」

梨花は唇を嚙みしめ、紅潮しきった顔をそむけた。彼女が絶頂寸前だったのは、火を見るよりもあきらかだった。それでも、おねだりの言葉を口にするのはプライドが許さないらしい。

（クククッ、どこまで我慢できるかな……）

頭のよさを鼻にかけ、ツンツンしている佳織でさえ、焦らしプレイの軍門に降《くだ》った。みずから挿入をねだり、欣一の腰にまたがってきたのだ。

「あううぅーっ！」

左右の乳首をぎゅーっとひねってやると、梨花はいやらしい声をあげた。かなり力をこめたのに痛がらないのは、欲情の証だろう。

欣一は続いて、コチョコチョ、コチョコチョ、と左右の乳首をくすぐった。硬い爪を使ってやれば、梨花は淫らなほど悶えに悶えた。本当は身をよじりたいのだろうが、マンぐり返しに押さえこまれていては難しい。

（こりゃあ、完全に発情してるな……火がついちゃってるよ……）

左右の乳首に波状攻撃をかけながらも、欣一はクンニを再開しなかった。舐めるかわりに、眼と鼻の先でぱっくりと口を開いている女の花に、ふうーっと息を吹きかけてやる。熱い吐息を浴びた薄桃色の粘膜はいやらしいほどひくひくと収縮し、刺激が欲しいと悲鳴をあげているようだ。

「あああっ……あああああっ……」

梨花は声を震わせながら、いまにも泣きだしそうな顔でこちらを見た。欣一は涼しい顔でそれをスルーだ。ふうーっ、ふうーっ、と薄桃色の粘膜に吐息だけを吹きかけつづけていると、梨花の眼尻からひと筋の涙が流れた。

(おいおい、発情しすぎて泣くのかよ……)

美女の涙は真珠のように美しかったが、それが発情の涙となれば、美しいだけではすまない。紅潮しきった苦悶の表情で涙を流している梨花は、この世のものとは思えないほどエロティックで、男の淫心に業火《ごうか》を放つ。舐めたくて舐めたくて、口内に生唾があふれてくる。

(ククク、いまなら舐めた瞬間にイッちゃったりして……)

それでも欣一は、ふーっ、ふーっ、としつこく吐息だけを吹きかけつづけた。

そして時折、割れ目の両サイドに舌を這わせる。性感のポイントを巧妙に避けて、生殺しのもどかしさだけを煽りたててやる。

「ねっ、ねえっ……」

梨花が媚びた声でささやいた。

「いっ、意地悪しないでっ……そんなにいじめないでくださいっ……」

「ああーんっ？」

欣一は「べつにいじめてませんが、なにか？」という、おとぼけ顔で梨花を見た。彼女の眼からは、大粒の涙がボロボロとこぼれている。

「イキたいのかい？」

冷笑まじりの欣一の問いに、梨花は必死の形相でコクコクと顎を引いた。

「だったら、おねだりするんだ」

発情しきって涙まで流している美女に、生殺し地獄を続けるのはいささか可哀相な気もしたが、下手《したて》に出てはならない。ここは強気一辺倒《いっぺんとう》だ。

「思っていることをそのまま口にすればいい。オマンコ舐めまわして、イカせてくださいってな……」

「いっ、言えないっ！　言えるわけないじゃないですかっ！」

梨花は号泣しながら、ちぎれんばかりに首を振る。

「だったら、好きにすればいい」

欣一はニヤリと笑うと、梨花の股間に舌を伸ばしていった。しかし、チロチロと舐めはじめたのは、クリトリスではなくアヌスだった。

「いっ、いやあああああーっ！」

梨花はマンぐり返しに押さえこまれた不自由な体を必死によじり、おぞましさを訴えてくる。

「やっ、やめてっ！　そんなとこ舐めないでええぇーっ！」

アヌスなんて舐められたことがないようだったが、欣一は同時に左右の乳首もつまみあげ、緩急をつけてこねくりまわしてやる。

「はっ、はぁああああああーっ！」

元よりオルガスムス寸前まで昂《たか》ぶっていた梨花なので、ひいひいと喉を絞ってよがり泣いた。マンぐり返しに押さえこんでいても、彼女の体が淫らな痙攣を起こしていることは伝わってきた。しかし、アヌスと乳首への刺激だけでは、どれだけ気持ちがよくてもイクことはできない。肝心な部分を舐めたりいじったりされない限り、彼女の欲情は宙吊りにされ、イキたくてもイケない生殺し地獄にのたうちまわるしかない。

欣一が唐突に愛撫を中断すると、

「あがっ……あがっ……」

梨花は半開きの唇をぶるぶると震わせ、涙眼ですがるように見つめてきた。

「まだ意地を張るのかな？」

欣一はクックッと喉を鳴らして嘲笑をもらした。

「僕たちは共犯者なんだから、そんなに頑《かたく》なにならなくてもいいじゃないか。さっさとおねだりして楽になるんだ」

「共犯者」というパワーワードを投げつけても、梨花の表情に変化はなかった。眼の焦点が合わないまま、あわあわしているばかり——彼女の頭の中からはもはや、濡れ手で粟の投資話なんてぶっ飛んでいて、オルガスムスを求める思いだけに占領されているようだった。

6

自分がこれほどしつこい男だとは思っていなかった。

おねだりの言葉をなかなか口にしない梨花に対し、ヘビのような執念深さで寸止め攻撃を繰り返した。

クリトリスを舐め、指でいじり、花びらをしゃぶり、浅瀬に舌先を差しこみ、思いつく限りのテクニックを総動員してクンニを続け、けれども決して梨花にオルガスムスは与えなかった。

さして売れているわけでもなく、落ち目を憂いて結婚に救いを求めているとはいえ、曲がりなりにも芸能人である彼女は、一般人とは一線を画す美貌の持ち主だった。その美貌が、夜目にもわかるほど紅潮し、汗や涙や涎《よだれ》にまみれ、くしゃくしゃに歪んでいた。絶頂寸前まで性感帯を責めまくり、唐突に刺激をとりあげることを、欣一はもう、十回以上繰り返している。

「ゆっ、許してっ……」

梨花はか細い声を震わせて言った。

「もっ、もうこれ以上焦らさないでくださいっ……おかしくなるっ……おかしくなっちゃいますっ……」

「それは自分次第だな」

欣一がクリトリスをチューッと吸うと、

「はぁうううーっ！」

梨花は喉を突きだして激しくあえいだ。彼女のクリは大きめだと思うが、興奮しすぎてさらに膨張しきっている。

「どうすれば焦らすのをやめてもらえるか、わかるだろ？」

「ううっ……くぅううう──っ！」

梨花は唇を嚙みしめたが、長続きしなかった。ハアハアと息があがっているので、口を閉じていられないのだ。

「さあ……」

欣一は膨張しすぎたクリトリスに、ふうーっと息を吹きかけた。

「おねだりの時間だよ。プライドを捨てれば、天国に行ける。思う存分、イキまくれる……」

「芸能人の女なんて……男と遊びまくってると思ってるかもしれませんが……」

ハアハアと息をはずませながら、梨花は必死に言葉を継いだ。

「わたしはそういう女じゃないんです……セックスだって、ものすごく久しぶりだし……したいと思うことも、そんなにないし……」

彼女は要するに、自分はいやらしい女ではないと主張したいようだった。頭がおかしくなりそうなほど欲情しているのはあなたのせいだと、責任転嫁をしているふうでもある。

だが、そんなことは関係なかった。どれほど自分の物語を書き換えようが、真実はひとつだけ。彼女は自分の欲望と向き合わなければ救われない。

「僕が聞きたいのは、そんな話じゃないな……」

クリトリスをちょんと指で突くと、

「はっ、はぁおおおおおおおおおおーっ！」

梨花は獣じみた声を夜のビーチに響かせた。もはやここが野外であることも、彼女は忘れているのかもしれなかった。

「おおおっ、お願いしますっ！　お願いしますっ！」

眼尻を限界まで垂らしながら、梨花はついに、プライドを捨てた。

「イッ、イカせてっ！　イカせてくださいっ！　もうイキたいのっ！　イキたくてイキたくて、頭がおかしくなりそうなのっ！」

「具体的には、なにをどうしてほしいのかな？」

欣一はどこまでも非情に言い募《つの》った。

「なにをどうしてほしいのか、自分の口ではっきり言うんだ」

「ああああっ……うううううっ……」

梨花はくしゃくしゃになった顔を、さらにぎゅうっと歪めて言った。

「クッ、クリをっ……クリを触ってっ……」

「そんな言い方じゃダメだな」

「ああっ、許してっ……恥ずかしいっ……」

「言えば天国なんだ。天国に行きたくないのか？」

マングり返しでひろげている太腿を、ガブッと嚙んでやると、

「はぁううううーっ！」

梨花は全身をガクガク震わせて悶絶した。欣一は痛くないように加減して嚙んだつもりだったが、ちょっと力が入りすぎてしまったようだ。それでも、梨花に痛がる素振りはなく、クリを吸われたときと同じようによがっている。発情しきっているせいで、痛みすら快感に思えるのかもしれない。

「オッ、オマンコッ！」

泣きながら絶叫した。

「オッ、オマンコッ……梨花のオマンコ、気持ちよくしてくださいっ！　オマンコめちゃくちゃにいじりまわして、イッ……イカせてっ！　もうイカせてえええええーっ！」

美貌の芸能人がプライドを捨てた。その瞬間、梨花は驚くほどエロティックなオーラを放った。ひと皮剝けた、と言ってもいい。芸能人、いや人間の皮をペロリと脱ぎ捨て、獣のメスの本性を露わにした。

（たまらないな……）

欣一は太い息を吐きだした。どうやら、予定を変更しなければならないようだった。

男心を揺さぶるおねだりの言葉を発した梨花には、ご褒美をあげなければならない。鞭《むち》だけ振るって飴を渡さないのはルール違反だから、クンニで二、三度イカせてやるつもりだった。

しかし、恥も外聞も捨て、卑語まで使っておねだりしてくる梨花があまりにそそるので、彼女が欲しくなった。焦らしていたということは、こちらもまた辛抱に辛抱を重ねていたのだ。いまのようないやらしすぎるおねだりをされては、これ以上辛抱するのは無理である。

「あああっ……」

マングり返しの体勢を崩すと、梨花はパンパンにふくらんだ風船から空気がもれるような声を出した。

「寝転がってる場合じゃないぞ。イカせてほしいんだろ」

欣一は先に全裸になった。

「だったら早く服を脱ぐんだ。全裸になって四つん這いになれ」

勃起しきった男根を握りながら言うと、梨花にもこちらの意図が伝わったようだった。紫色のワンピースを脱いで、ワインレッドのパンティも脚から抜いた、カップがめくれたブラジャーもはずしてミュールも砂浜に脱ぎ捨てれば、一糸まとわぬ丸裸だ。

生暖かい潮風が、全裸になった男女を祝福するように吹きつけてくる。

ここは野外、夜ではあるが誰もが足を踏み入れられるビーチだから、人が来ないという保証はない。

だが、欣一はこの場で最後まで突っ走るつもりだった。人に見られてもかまわないから、夜のビーチで潮風を感じながら、獣のように盛《さか》りたかった。獣のように盛るのなら、体位はバックスタイルしかないだろう。結合部に砂が入るかもしれない不安も、バックなら問題ない。

（向き合ってなければ、万が一のときも誤魔化せるしな……）

欣一には、忘れてはならないリスクがあった。黒いタオルの下にはたった二日で残念なほど薄くなった頭髪がある。潮風にタオルが吹き飛ばされたら若ハゲに見えるに違いない。興奮しすぎて前歯が抜けることにも、突然鼻毛がドバッと生える事態にも、しっかり備えなければならないのである。

「ほら、さっさと四つん這いになるんだ」

裸の背中を押してうながすと、梨花は「ううっ」とうめき声をもらしながら両手と両膝を砂浜についた。男であり、一般人でもある欣一と違い、曲がりなりにも芸能界に身を置く女であれば、「人に見られてもかまわない」と簡単に開き直ることはできないはずだった。

それでも梨花は四つん這いになった。潮騒がさざめく真っ暗な海に顔を向け、欣一に尻を突きだしてきた。恥をかくとかかかないとか、そんなことを言っていられないほど、イキたくてイキたくて切羽つまっているのである。どうせ絶頂に導かれるなら、マングり返しでクンニされるより、ぶっとい肉棒で貫いてほしいと思っているに違いない。

(たまらん尻だな……)

美乳がチャームポイントの梨花だが、ヒップもまた美しかった。大きすぎず小さすぎず、けれども女らしくプリッと丸い。四つん這いになると、なおさら丸みが際立つ。

欣一はその尻に腰を寄せていくと、パンパンに膨張している男の器官を握りしめた。大きく息を吸いこんでから、切っ先を濡れた花園にあてがった。性器と性器がヌルリとこすれあった感触に、背筋がぞくぞくと震える。

覚悟を決めたつもりでも、野外で全裸になり、秘め事であるセックスを始めるのは勇気が必要だった。人の道にはずれたハレンチな行為に及ぼうとしている自覚は充分にある。けれどももはや、後戻りができないくらい興奮している。

「いくぞ……」

腰を前に送りだした。ずぶっ、と亀頭が埋まった感触に息がとまる。梨花の腰をしっかりつかんで、ずぶずぶと貫いていく。

「んんんーっ！」

根元まで男根を埋めこむと、梨花はうめいた。ぶるっ、ぶるるっ、と四つん這いの肢体を震わせて、結合の衝撃を受けとめている。

（ヌッ、ヌルヌルだっ……ヌルヌルだぞっ……）

梨花の中は、奥の奥までよく濡れていた。マングり返しであれだけ焦らしたのだから当然のこととはいえ、自分の愛撫でここまで女を濡らしたという事実に、思わずニヤケてしまいそうになる。

（よーし……）

いよいよ粘りに粘った寸止め攻撃の成果を堪能するときだと、腰を動かしはじめた。最初はゆっくりと思っていても、昂ぶる興奮が許してくれない。

夜のビーチ、吹き抜ける潮風と耳をくすぐる潮騒、四つん這いにして後ろから貫いているのは芸能人、落ち目といえどその美貌は偽物ではなく、スタイルだって抜群だ。

「むううっ！」

勢い、ピストン運動のピッチはみるみるあがっていった。立ちバックは経験済みだが、女を四つん這いにして後ろから貫くのは初めてだった。立ちバックより結合感が深く思えるのは、気のせいだろうか？　いや、たしかに深く突ける。女が両脚を曲げているから、立ちバックよりこちらに尻を突きだせるのか？

「むううっ！　むううっ！」

欣一は夢中で腰を動かした。月に雲がかかっても、満月のように丸い尻丘が白く輝き、もっと突いてと挑発してくる。パンパンッ、パンパンッ、と乾いた音をたてて突きあげれば、梨花は身をよじってよがりによがる。

「ああっ、いやっ！　あああっ、いやあああーっ！」

言葉とは裏腹に、梨花が感じているのは間違いなかった。

男根を抜き差しするほどに、新鮮な蜜があとからあとからこんこんとあふれ、欣一の陰毛をぐっしょり濡らしていく。いや、玉袋の裏にまで垂れてきている。里穂、佳織、千奈美——三人ともそれなりによく濡れる女だったが、梨花はそれを凌駕《りょうが》しそうだ。

「ああっ、そこっ！」

梨花がぎゅっと砂をつかみながら叫んだ。

「そこよっ！　そこがいいっ！　もっとっ……」

「むううっ！」

欣一は奮い立った。女がみずからの急所を教えてくれたとなれば、そこを集中攻撃せずにはいられないだろう。梨花の感じるポイントは、いちばん奥のようだった。

ならば、とばかりに、欣一は渾身のストロークを叩きこんだ。強く突きあげると速い連打は無理だから、パチーンッ！　パチーンッ！　と尻を打ち鳴らす音が変わる。女の肉穴は奥にいくほど狭くなっているものらしく、そこに亀頭をねじりこむように、突いて突いて突きまくる。

「はぁおおおおおーっ！　はぁおおおおおおおおーっ！」

みずから白状した急所を突きまくられた梨花は、夜の海に向かって声を放った。まるで獣の咆哮《ほうこう》だった。

渾身のストロークを打ちこんでいる欣一にも、野性の本能が蘇っていく感覚があった。夜のビーチでお互い全裸でバックスタイルだから、いやがうえにもそんな気分になってくる。人間の皮を脱ぎ捨てて獣のオスとなり、発情しきったメスと盛っているようだ。

「ああっ、いやっ！　いやいやいやいやあああぁーっ！」

梨花が切羽つまった声をあげた。

「イッ、イッちゃうっ！　もうイッちゃうっ！」

「こっちもだっ！」

欣一は昂ぶった声で返した。

「こっ、こっちも出そうだっ……こっちもっ……」

言いながら最奥をずんずんと突きあげると、

「はぁうううぅーっ！　はぁうううぅーっ！　はぁおおおおおぉーっ！」

梨花は獣じみたあえぎ声を、夜の海に向かって撒き散らした。四つん這いの肢体を激しいまでによじらせて、オルガスムスに駆けあがっていった。

「イッ、イクッ！　イクイクイクイクイクーッ！　はぁおおおおおーっ！　はっ、はぁおおおおおおおおーっ！」

欣一ががっちりつかんでいる腰を跳ねあげて、絶頂に達した。肉穴がぎゅっと締まって、勃起しきった男根から男の精を吸いだしにかかった。欣一はもう我慢できなかったし、我慢する必要もなかった。ゴムは装着していないので、膣外射精のために男根をスポンッと肉穴から抜く。

しかし……。

次の瞬間、穏やかだった潮風が急に突風に変わり、頭に巻いた黒いタオルが吹き飛ばされた。ピストン運動に夢中になるあまり、ゆるんでいたことに気づかなかったらしい。

「うわあああーっ！」

大口を開けて悲鳴を放つと前歯が抜け、余韻で痙攣している梨花の背中にポトリと落ちた。

（うっ、嘘だっ！　嘘だあああーっ！）

自分の手で数回しごけば射精に達するタイミングで、この仕打ちはあんまりだった。肉穴から引き抜いた男根は、興奮が限界まで高まっていることを示すようにビクビクと跳ねている。

男の精を放出したくてたまらなかったが、悪夢のように襲いかかってきた最悪の事態を放置できるわけがない。あわてて前歯を拾い、風に飛ばされた黒いタオルを走って追いかける。

「ごっ、ごめんっ！　先に戻ってるからーっ！」

欣一は梨花に背中を向けたまま、振り返らずに叫んだ。黒いタオルをなんとか回収すると、一目散にその場から逃げだした。

第五章　似た者同士

1

合宿五日目の朝がきた。

最終日の明日はバイトもなく、朝食をすませたあとは告白タイムがあるだけなので、アプローチに残された時間は、今日だけということになる。

欣一は仮病を使って、海の家のバイトを休んだ。体調に問題はなかったが、メンタルのダメージが深刻だったので、仮病ではないかもしれない。

(まいったな……)

朝からユニットバスに閉じこもり、伸びすぎた鼻毛と格闘するのはみじめな気分だった。頭にタオルを巻いていないので、薄毛になった自分とも鏡越しに相対《あいたい》していなければならない。

薄毛はどんどん進行していくばかりで、額から頭頂部に向かって、あぜ道ができているようだった。もはや完全なる逆モヒカン、時代劇の落ち武者の役なら、このまま演じられそうである。演技の経験はなくても、三十五歳まで童貞だった欣一には、負け犬の気持ちがよくわかる。大向こうを唸《うな》らせる、渋い芝居ができるかもしれない。

（帰っちゃうか、もう……）

韓国の医師は植毛手術をすれば問題ないと言っていたが、ここまで風貌が変わってしまうと、元に戻るのかどうか心配になってくる。ただ、五人中四人の女とセックスできたのだから、後ろ髪を引かれる力も強い。どうせなら全員をコンプリートしたほうが、今後の人生、男としての自信をもって生きられそうだ。

しかし……。

最後に残ったひとりがまた、難関中の難関なのである。

丸茂瑠莉子《まるもるりこ》、三十一歳——彼女がこの婚活合宿の女性陣で、一番人気なのは疑いの余地がなかった。

里穂は可愛いうえに巨乳なので、それなりに人気がある。夕食後のリビングで男と話しているところを、何度となく見かけている。

一方、美人ではあるものの、バリキャリを鼻にかけてツンツンしている佳織や、芸能人オーラを隠そうとしない梨花は敬遠されがちだ。千奈美に至っては、早々に婚活には興味がないと宣言しているから、男が寄りつくわけがない。

残るひとり、瑠莉子は美人タイプだった。

顔の造形的にはそうなのだが、にもかかわらず雰囲気がとても柔らかい。振る舞いやしゃべり方が優雅で女らしく、そうかと思えば海の家のバイトなどもそつなくこなしている。フラワーショップでアルバイトしているらしく、接客がこなれているし、働く姿に覇気があって、笑うと見える白い歯がたまらなくチャーミングだ。

（さしずめ、美人タイプと可愛いタイプの、ハイブリッドってところか……）

瑠莉子を見ていて思い浮かぶのは、「お嫁さんにしたい女ナンバーワン」という言葉だった。芸能界でもオフィスでも、そういう言葉がよく使われていた時代がある。

お嫁さんにしたい女の共通点は、「明るく、元気で、家庭的」なことだ。さらに言えば、「貞操観念が強そう」というのも重要だし、こんなストレスフルな世の中では、「癒やし系」という要素も加わるかもしれない。

瑠莉子はそのすべてをもっている。どこからどう見ても、ひとつも欠けていない。しかも美人。黙って凛としていれば、バリキャリ佳織や芸能人の梨花にも負けないくらい綺麗なのだ。

そんな女がモテないわけがなく、瑠莉子は常に、複数の男に取り囲まれていた。二、三人は当たり前で、欣一をのぞく四人の男をすべて独占していたことすらある。お近づきになりたくても、男たちのブロックが鬱陶しすぎて、話しかける気にもなれない。

しかし……。

この婚活合宿には、異性の参加者と原則一度はツーショットにならなければならないというルールがあった。欣一はまだ、瑠莉子に対してその権利を行使していない。高いエントリー料を払っている以上、行使しないのはもったいないが、どうにも食指が動かないのも事実だった。

他の男たちのブロックのせいだけではない。

瑠莉子の本音が見えないのである。

金が欲しい女には資産をチラつかせ、ドルオタには「推し」に会わせてやるとそそのかし、投資が趣味なら天才投資家の極秘情報を流してやると耳打ち——もちろん全部嘘なのだが、馬の鼻面に向けてニンジンではなく、サンマの塩焼きをぶらさげたって走るわけがないのだ。

瑠莉子にとってのニンジンはなにか？　それがどうしてもわからなかった。三十路を越えて花屋でアルバイトしているなんて、実家が太いに決まっている。彼女は金では動かない。プロフィールの趣味の欄に記されているのは、料理、散歩、家庭菜園——まったく参考にならない。

（実家が太かろうが、金が嫌いな女はいないよ。ダメ元で一《いち》か八《ばち》か、ネットバンキングの偽造明細で勝負してみたら……）

そう思わないこともなかったが、ここまで順調に四人の女とセックスしてきたのに、最後に嘲笑《ちょうしょう》されるのは嫌だった。終わりよければすべてよしの反対になってしまう。うまくいく自信がないなら、潔《いさぎよ》くここで撤退すべきなのかもしれない。

（うーん、どうしたものか？）

いいアイデアが浮かばず、かといって撤退する決断もつかないまま、夜になってしまった。婚活合宿、最後の夜である。

欣一は小一時間ユニットバスにこもり、入念に鼻毛を手入れした。頭に巻く黒いタオルも、今度こそ風で吹き飛ばされたりしないように、縛り方を何パターンも試してみる。

身支度はととのえたものの、リビングにおりていく欣一の足取りは重かった。これが最後のチャンスとなれば、瑠莉子が男たちに取り囲まれていることは想像に難くない。

誰もが血走った眼で自己アピールを繰りひろげ、まわりを蹴落とすマウントの取りあいに精を出しているはずだ、明日の告白タイムで自分を選んでもらえるよう、必死になっている。

実際、リビングに入っていくと、想像通りの景色が待ち受けていた。欣一をのぞく男性参加者全員、つごう四人が瑠莉子を取り囲んでハッスルだ。

婚活を放棄している千奈美は部屋に戻ったのだろう、すでにリビングにはいなかった。佳織と梨花、里穂までがそれぞれひとりで酒を飲んでいた。三人とも欣一の姿を見るなり物欲しげな視線を送ってきたが、きっぱりと無視して絶対に眼を合わせなかった。

(明日になったら恨まれるだろうなあ……)

里穂も佳織も梨花も、自分が欣一に指名されることを疑っていないようだった。しかし、こちらの目的は結婚ではなく、ただやること。目的を果たしたからには、彼女たちはもう用済み。謝るつもりも毛頭ないので、明日は始発バスが走りだす早朝にここから出ていく。告白タイムはすっぽかしてある。佳織なんてまんまともてあそばれた三人は痛恨の涙を流し、憤慨するに違いない。佳織なんて暴れだしそうだが、欣一が行方をくらまし、連絡を絶ってしまえば手も足も出ない。この婚活合宿を主催している企業にクレームを入れたところで、個人情報保護の観点からも、相手にされるわけがない。

資産に眼がくらみ、あるいは投資話に騙され、セックスされて逃げられました——子供じゃないのだから、そんなものは自己責任の範疇《はんちゅう》である。「ずいぶんお股がゆるいんですねえ」と失笑されるのがオチだろう。

（さて、どうしたものか……）

男たちに囲まれている瑠莉子を遠眼で見ながら、欣一は腕組みをして考えた。いくら考えてもいいアイデアが浮かばないのは、朝からまったく一緒だった。ひとりで飲んでいる女たちから飛んでくる視線が痛いので、部屋に戻ったほうがいいような気がしてきた。

そのとき、男たちの輪の中にいる瑠莉子と、一瞬眼があった。

「ちょっとごめんなさい……」

瑠莉子はまわりの男たちに小声で言うと、こちらに向かって歩いてきた。ヌーディベージュの、マーメイド形ワンピースを着ている。いつも綺麗めな装いをしている彼女だが、今夜はややドレッシーだ。

「ツーショット、お願いしてもよろしいでしょうか？」

欣一の前まで来た瑠莉子は、鈴を転がすような声で言った。

「わたしたち、まだふたりきりでお話ししてませんよね？」

「えっ、ええ……」

欣一はキョドってしまうのをどうすることもできなかった。まさかモテモテの瑠莉子のほうから、こちらに声をかけてくるとは思ってもみなかった。

2

「こっちです」

瑠莉子に先導されて廊下を進んだ。洋館の二階のいちばん奥――参加者が宿泊している部屋をすべて通り抜けた先に、その部屋はあった。

（なっ、なんだこりゃあ……）

一歩足を踏み入れるなり、欣一は仰天した。部屋はワンルーム――広さだけなら千奈美の部屋のほうが勝っているが、欣一の部屋よりはずっと広いし、なにより内装に贅《ぜい》が尽くされていた。

天蓋《てんがい》付きのベッド、金に縁取られた花柄の長椅子、出窓にはドライフラワー、天井から小ぶりのシャンデリアまでぶらさがっている。カーテンや絨毯《じゅうたん》も昔の少女漫画に出てきそうな花柄ずくめで、まるでお姫さまの御寝室である。

「ちょっと古めかしいですけど……」

瑠莉子は室内をゆるりと眺めて言った。

「元々住んでたご家族の、お嬢さんの部屋だったみたいですね。この乙女チックな感じ……」

「はあ……」

欣一はあんぐりと口を開いたままうなずくしかなかった。たしかに、豪華ではあるものの、いまっぽさがまるでない。

それはともかく、ここは瑠莉子にあてがわれた部屋ではなかった。女性参加者の中で、ひとり部屋を使っているのは千奈美だけ。つまり、瑠莉子は相部屋のはずなのだが……。

「こっそり探検して、見つけちゃったんです」

瑠莉子は悪戯っぽく舌を出した。

「男の人とツーショットでお話しするとき、こういう部屋のほうが気分が盛りあがりそうじゃないですか」

「なるほど……」

空いている部屋を勝手に使うのはルール違反な気がしたが、欣一にとっても悪い話ではなかった。リビングには用済み女が揃い踏みだし、なんのアイデアもなく瑠莉子を自分の部屋に連れこむ勇気もない。かといって、外で散歩は言語道断だ。今日は昨日より風が強い。頭に巻いたタオルを飛ばされるのはもう嫌だ。

「座りましょう」

瑠莉子にうながされ、花柄の長椅子に並んで腰をおろした。

「本当はお紅茶でもいただきたい雰囲気ですけど……」

瑠莉子はクスクス笑いながら、エコバッグから缶ビールを二本取りだした。リビングの冷蔵庫には無料で飲める缶ビールや缶チューハイが常備されているが、いつの間に持ってきたのだろう？　気が利くにもほどがある。

「乾杯！」

缶ビールを合わせた。たしかに、部屋の雰囲気にそぐわないドリンクだったが、そんなことにはかまっていられなかった。

「……おいしい」

缶ビールを飲んだ瑠莉子は、ひとつ息をついてから言った。飲むときに動いた白い喉と、息のつき方が異様に色っぽく、欣一は緊張してしまった。

彼女は見るからに、「お嫁さんにしたい女ナンバーワン」。その手の女には、たいてい色気がないものだ。妻がエロエロで喜ぶ男は少数派だからだろう。日常生活をともにするのに、エロすぎる女は困るのである。

とはいえ、男の理想とする妻は、「昼は淑女のように、夜は娼婦のように」という説もある。真っ昼間からエロい妻にはげんなりするが、夜までノーエロでは困るという、男のエゴをうまく言い表している。

瑠莉子はまるで、その言葉を体現するように、ふたりきりになると雰囲気が変わった。缶ビールを飲み進むほどに、眼つきがおかしく……いや、いやらしくなっていく。黒い瞳がねっとりと潤み、眼の下がほんのり赤くなって、ビールで濡れた唇は半開き……。

(なんなんだ、この女は？)

欣一はこの合宿に参加して初めて、警戒心を覚えた。こちらはまだなにもしていない。嘘を並べて興味を惹いたわけでもないのに、瑠莉子はどう見ても誘ってきている。あるいはそういう雰囲気にもちこもうとしている。整形手術で苦み走ったいい男になったとはいえ、ここは「婚活合宿」の場。顔だけでそんな展開になるとは思えない。

「ねえ、北条さん……」

瑠莉子はしなをつくってささやいてきた。

「驚かないで聞いてもらえます？」

「あっ、ああ……」

「わたしいま、お花屋さんなんかでバイトしてますけど、それは世を忍ぶ仮の姿で……本当は働かなくてもいいくらいお金もちなんです」

「……と、言いますと？」

欣一の胸は、嫌な予感にざわめいた。

「亡くなった親が港区に広い土地を残してくれて、それを処分したら相続税を差し引いても、こんなに残ってるから……」

瑠莉子はスマホの画面を向けてきた。なんと、ネットバンキングの入出金明細が表示されていた。残高に記されている左端の数字は5、右に向かって0を数える。九個ある。五十億である。

「わたしが婚活で見つけたいのは、このお金を一緒に使ってくれるパートナーなんです。仕事なんてしなくていいの。夫婦ふたりで世界を飛びまわって、人生を思いきりエンジョイしたい」

瑠莉子は少し尻をあげて座り直し、欣一にぴったりと肩を寄せてきた。ヌーディベージュのマーメイド形ワンピースから、甘い香りが漂ってくる。さらには、ぎゅっと手まで握られ……。

（マッ、マジか……）

欣一は眼を見開いて絶句した。大金持ちの美女に誘惑されている、という気分からは程遠かった。

彼女は詐欺師だ。それも、欣一のやり方とほとんど同じ——親が残した港区の土地という設定から、ネットバンキングの偽造明細まで、こちらの手口を見たことがあるかのようにそっくりである。

（それにしても五十億とは……大きく出たもんだな……）

そんな夢のような話、街場の婚活合宿に転がっているわけがない。普通なら、大風呂敷をひろげすぎて、失笑されて終わるだけだ。

しかし、瑠莉子はおそらく、この部屋で他の男たちとも寝ている。常軌を逸《いっ》した大風呂敷も、常軌を逸した美女の色仕掛けとセットになれば、説得力を増すというわけだ。

瑠莉子の美しさや女性的な魅力は、偽物ではなかった。おまけに、ふたりきりになった途端に色香を振りまく徹底ぶり。

彼女ほどの美女とセックスできるミラクルがあり得るなら、五十億だって本当かもしれない——そう思いこんでしまう男はいそうだった。いそうというか、リビングでのモテモテぶりからすると、全員騙されているのではないだろうか？

しかし……。

瑠莉子が体を投げだしてまで、男たちを騙す理由がわからなかった。欣一の場合、セックスがしたかっただけだ。卑劣な行為かもしれないが、みんなきっちりイカせたことだし、それほど罪深くはないだろう。

一方、瑠莉子の目的はなんなのか？　男たちとセックスしまくりたかったはずがない。彼女ほど容姿に長け、そういう欲望をもっているなら、婚活合宿になど頼らなくても、いくらだってできるはずだ。

となると……。

瑠莉子は偽物の資産と偽物ではない美貌で男たちをたぶらかし、さらには熱いセックスで骨抜きにして、連絡先を交換したはずだ。そして最終日の告白タイムの前に、ここから逃げだす。

そこまでは欣一の計画と一緒だが、瑠莉子は後日、一人ひとりと連絡をとり、個別に会うはずだ。「ごめんなさい。最終日には決断がつかなかったけど、わたしやっぱり、あなたのことが好きみたい」。そんな口から出まかせを、甘い猫撫で声でささやく姿が眼に浮かぶ。

（やっ、やばすぎるだろ……）

戦慄《せんりつ》の悪寒が背筋を這いあがっていくのを、欣一はどうすることもできなかった。結婚を前提にした交際が始まるか、内縁の妻におさまるか、いずれにしろ、瑠莉子は相手の男に保険をかけるのではないだろうか？　もちろん、受取人は彼女自身。突き進む先は、保険金殺人……。

「ねえ……」

瑠莉子が息のかかる距離まで顔を近づけてくる。

「キスしてほしいな……エッチなチュウ……」

「ううっ……」

欣一は唸った。彼女の真っ赤な唇は息を呑むほどエロティックで、キスの誘惑を断ち切ることは難しかった。それでも、断ち切らなければならない。キスの先にはセックスがあり、セックスの先には天国か地獄——いずれにせよ、この世ではないのだ。

ここまで周到に男を騙す準備をし、誘惑する態度も堂に入っている彼女が、肝心なセックスでしくじるとは思えなかった。きっと、こちらがびっくりするような飛び道具をいくつも備えている。

他の女では味わえない、いやらしすぎるプレイの数々に翻弄《ほんろう》され、その沼に嵌《は》まってしまえば、男はもう、彼女の言いなりだ。欣一だって自信がない。いまは完全に詐欺師だと思っているけれど、めくるめく快感でノックアウトされたら、彼女の言葉を一から十まで信じてしまうかもしれない。人間は自分が信じたいものを信じる生き物なのである。

引き返すなら、いまだった。いましかなかった。だが、どうすればいい？　欣一はすでに、瑠莉子の射程圏内にいる。彼女は引き金を引こうとしている。動けない欣一の頬を手のひらで包み、無理やりキスを……。

ガハハッ！　と欣一は唐突にわざとらしい高笑いをあげ、瑠莉子の誘惑をストップさせた。

「あなたほどの美女とキスをして……それ以上の深い関係にもなりたいのは山々ですけど、無理なんですよ」

「……どういうことかしら？」

瑠莉子が頬から手を離して、眉をひそめる。咎めるような表情をしても、女らしい柔和な雰囲気は失われない。とんでもない演技力である。

「深い関係になれば、あなたは僕に幻滅する。確実に嫌いになる……」

「どうしてそんなことがわかるの？」

瑠莉子はふっと笑った。

「あなたを好きになるのも、深い関係になって愛してしまうのも、わたしの心ひとつじゃないかしら？　未来は誰にもわからない……」

「わかるんですよ、それが」

欣一が頭に巻いた黒いタオルを取ると、瑠莉子は「えっ」と口を押さえ、眼を真ん丸に見開いた。

「申し訳ないですが、容姿について嘘をついてました。頭の薄毛だけじゃない。前歯だってこんな感じで……」

入れ歯を抜き、前歯のない顔でニカッと笑ってみせる。

「いまは大丈夫ですが、鼻毛の伸び方も尋常じゃなくて、鼻の穴から飛びだして、柳みたいにゆらゆら揺れるんです。どうです？　こんな男とセックスなんてできますか？　できないでしょう？」

欣一は勝ち誇ったように胸を張ったが、心の中で泣いていた。妖怪を見るような瑠莉子の眼つきがつらかった。美しい女の綺麗な瞳に、おぞましい自分の姿を映しているのはみじめでしょうがなかったが、うっかり彼女のペースに乗ってしまい、あの世行きになるのはごめんだった。

3

「見損なわないでもらえますか？」

瑠莉子は欣一の顔をまっすぐに見つめながら、静かに言った。

「わたしは人を見た目で判断するような、そんな軽率な……差別まみれの了見の狭い女じゃありません」

欣一は言葉を返せなかった。落ち武者のようにハゲ散らかし、前歯までない間抜けな顔を見ていても、プッと吹きださない彼女が不思議でならない。

だいたい……。

瑠莉子が言っていることはめちゃくちゃだった。人を見かけで判断しないと言うが、彼女はこちらの、見た目以外のなにを知っているのか？

会社の同僚だったり、サークルの仲間だったり、あらかじめ人間関係があるなら、その台詞はわかる。だが、欣一と瑠莉子には、人間関係なんてまったくない。海の家でバイトしているときも、交わす言葉は事務的なものだけだし、ふたりきりで話をしたのは今日が初めて――まだ三十分と経ってないのだ。

「ふふっ、可愛いじゃないですか」

瑠莉子は柔和な笑みを浮かべて、欣一の頭を撫でてきた。額から頭頂部に向かってあぜ道のようになっている、逆モヒカンの部分を……。

「ハゲてるってことは、男性ホルモンが強いってことでしょう？　期待しちゃうなあ。こっちも強いんでしょう？　ふふっ、精力絶倫だったら嬉しいな」

股間に手を伸ばし、ズボンの前をすりすりと撫でてくる。

（ホッ、ホラーだっ！　ホラーだよっ！）

欣一は恐怖に震えあがった。まばたきをまったくせずにこちらを見つめている瑠莉子の眼つきは、ホラー映画に出てくるクレイジーガールそのものだった。

なるほど、彼女が人を見かけで判断しないという話は、あながち嘘ではないのかもしれない。どうせ保険金をかけて殺すだけなのだから、見かけなんてどうでもいいのだ。

「やっ、やめろっ……やめてくれっ……」

股間をまさぐられている欣一は、パニックに陥りそうだった。三十五歳まで童貞だったので、精力ならたっぷり溜めこんでいる。それでも今度ばかりは、いくら美女に股間をまさぐられても、イチモツはピクリとも反応しない。

「失礼な男ね！」

瑠莉子がキッと眼を吊りあげ、こちらを睨んできた。彼女の怒った顔を、欣一は初めて見た。

「ハゲでも歯っ欠けでもいいですけど、オチンチン触ってるのに硬くならないってどういうこと？　わたしに女としての魅力がない？」

体を離して立ちあがったので、欣一は安堵の溜め息をついた。怒って部屋から出ていくのだろうと思ったからだが、瑠莉子は両手を自分の首の後ろにまわした。マーメイド形ワンピースを脱ぎ、下着姿になった。

大人っぽいゴールドベージュのセクシーランジェリーも眼を惹いたが、それ以上に、引き締まった肢体が美しすぎて圧倒されてしまう。

（こっ、これは……ボディメイクしてるぞ）

モデルやタレントがよく、パーソナルジムでシェイプアップした写真をＳＮＳにアップしているが、ああいう感じだ。筋肉ムキムキというわけではなく、ヘルシーにしてセクシー、バストとヒップの丸みがすごい。欣一もかねてからボディメイクには関心があり、そろそろジム通いを始めようと思っていたところだった。

だがいまは、そんな呑気なことは言っていられない。

「ねえ、これでも硬くならない？」

再び、瑠莉子が迫ってきた。ゴールドベージュのランジェリーに飾られている引き締まったボディから、甘い匂いを振りまきつつ、長椅子に座っている欣一に抱きついてくる。

「やっ、やめろっ……やめてくれよっ……」

欣一が抵抗しても、瑠莉子は首根っこに両腕をまわし、自分の胸をこちらの顔に押しつけてくる。巨乳ではないものの、丸みと弾力のある乳肉をブラジャーの向こうに感じる。細身のボディがあまりにも抱き心地がよさそうで、勃起しそうになってしまう。それでもなんとか抵抗を続け、揉みあいになる。

「おまえ詐欺師だろっ！」

このままでは埒《らち》があかないと判断した欣一が怒声《どせい》をあげると、瑠莉子はハッと息を呑んだ。

「港区の土地を相続したなんて嘘で、ネットバンキングの明細書も偽造だ。正体バレバレなんだから、くだらないことはもうよせよっ！」

瑠莉子は一瞬動きをとめたが、すぐに気を取り直し、再び抱きついてきた。

「どうして、そんなに哀しいこと言うの？　あなた、人を見れば泥棒だと思うような可哀相な人なのね？　でも、そんなことない。つまらない話はあとにして、エッチしましょうよ。そうすればわかりあえる。男と女って、そういうふうにできてるんだもの……」

「やめろって言ってるのがわかんないのかっ！」

欣一はキスをしてこようとする瑠莉子の顔を押し返した。綺麗な顔を手のひらでむんずとつかんで――瑠莉子も手加減なしでこちらにしがみついてくるから、遠慮も容赦もできない。

「ぎゃっ！」

瑠莉子が突然、人間離れした悲鳴をあげ、顔を押さえた。欣一はさすがに焦った。三十五年間生きてきて、女に手をあげたことなど一度もないし、あげたいと思ったこともない。いまだって手のひらで顔を押したので、叩いたわけではないのだ。

そのわりには、瑠莉子の反応は大げさだった。欣一から離れると、こちらに背を向けてしゃがみこみ、うめき声をあげている。

「……おい、大丈夫か？」

欣一はソファから立ちあがり、瑠莉子の前にまわりこんで、顔をのぞきこもうとした。瑠莉子は両手で顔を覆い隠し、言葉を返してこなかった。

「大丈夫だよな？　叩いたわけじゃないしさ……」

ドクンッ！　ドクンッ！　と欣一の心臓は早鐘を打っていた。色仕掛けに失敗した女が、レイプの被害者を装うのはよくある話だ。

いまの世の中、暴力的に犯されそうになったと女が言えば、男に反撃の手段は少ない。そうなると、この婚活合宿を主催している企業だって黙っていないだろう。警察に突きだされたりしたら、口から出まかせの真っ赤な嘘で次々と女を抱いたことまで、暴かれてしまうかもしれない。

「ううっ……」

瑠莉子が顔を覆っていた両手をゆっくりとどけていく。

「ぎゃっ！」

今度は欣一が人間離れした悲鳴をあげる番だった。悲鳴をあげるだけではなく、腰を抜かして絨毯に尻餅をついた。

瑠莉子の鼻が、くの字に曲がっていたからである。

4

欣一はひとり長椅子に座って腕組みし、険しい表情で押し黙っていた。すでに三十分以上待たされていたが、文句を言う気にはなれなかった。

（まさかあの綺麗な顔が、整形だったなんてな……）

ようやく洗面所から戻ってきた瑠莉子は、両眼を真っ赤に腫らしていた。ゴールドベージュの下着姿のままだった。羞じらうほどの余裕はない、ということらしい。

くの字に曲がった鼻は多少直っていた。よく見ればまだ完全にまっすぐではないけれど、強引な力業《ちからわざ》で直そうとしたことは推して知るべしだった。その痛みによって涙も出たのだろうが、正体がバレてしまったショックも大きかったに違いない。

「……ごめんなさい」

長椅子の端にちょこんと腰かけた瑠莉子は、しおらしい態度で謝った。

「わたしの負けです。整形してから、男の人に迫って拒否されたのは初めてです。正体がバレた以上、煮て食うなり焼いて食うなり、好きにしてください」

「物騒なことを言うなよ」

欣一は冷ややかな笑みをもらした。

「それにしても、ちょっと押したくらいで鼻が曲がっちまうなんて、ひどい腕の整形外科医だな。どこでやったんだい？」

瑠莉子が答えたのは、東南アジアの某国だった。料金が安くても、韓国は美容整形の先進国に数えられるが、瑠莉子が施術を受けた国は発展途上国である。経済的にも決して豊かとは言えないから、韓国より安上がりだったろうが……。

「いくらかかったのかな？」

「……二千万」

「はあ？」

欣一は素っ頓狂な声をあげてしまった。

「二千万もかけるなら、国内でやったほうがマシだったんじゃ……」

「わたしが最初に手術した五年前は、ものすごく安かったんです。二重瞼にするのが千円ちょっととか……でも、気に入らなくて何度も何度も直してるうちに、円安になったり、物価が急上昇したりして……」

「……なるほど」

整形を繰り返していると、感覚がおかしくなって人形じみた顔になってしまうことがあるが、瑠莉子の場合はそうではない。ナチュラルにしか見えない。

整形手術を受けた経験値が増えてくると、他人の整形も見抜けるようになっていくものだ。欣一もテレビを見ていてニヤニヤしてしまうことがよくあるが、瑠莉子の場合は鼻が曲がるまでわからなかった。もしかすると某国の美容整形は、見た目をよくする技術だけは高いのかもしれない。すぐに鼻が曲がるようでは、ハリボテのようなものだが……。

「聞いてもらえますか？」

瑠莉子が身を乗りだし、すがるように見つめてくる。いまにも飛びかかってきそうな雰囲気だったが、先ほどまでと違い、ふたりの間には距離があったので、欣一は恐るおそるうなずいた。

「わたし、悔しかったんです……子供のころからブス、ブスっていじめられてて……小学生のときクラスメイトの男の子にバレンタインのチョコをあげたら、目の前でゴミ箱に捨てられました。女の子のグループからもブスはお断りって爪弾《つまはじ》き……容姿が悪く生まれてきた女は、本当に生きづらいものなんです……それでもなんとか、大人になったら気持ちを切り替えて、恋愛のステージに挑みました。顔はもうしようがないから、尽くす女で勝負しようって……でも、いくら頑張っても、最後は絶対、捨てられる。男は顔のいい女のほうに、簡単になびいてしまう……それで五年前、二十六歳のとき、致命的な失恋をして……アハハ、結婚前提で同棲までしてた彼氏が、美人ちゃんに走っちゃったんですけどね……それが決定打になって、生まれ変わる覚悟を決めました……」

欣一は瑠莉子の話を、震えながら聞いていた。他人事にはまったく思えず、身につまされるとはこのことかと……。

「でっ、でもさ、二千万もの大金、よく出せたね。実家が金持ちなの？　それともなんか、特殊技能があるとか？」

「ゆきずりの男と寝ました」

瑠莉子は遠い眼をしてつぶやくように言い、欣一はあんぐりと口を開いた。

「ブスは本当に生きづらいですけど、穴さえあれば女はお金を稼ぐことができる。ナンパしてきたおじさんに、二万円くれたら寝てもいいって言ったらあっさり出してくれて、それからはマッチングアプリで援交です。顔なんてほとんど見えない真っ暗なハコヘルで、一日中フェラしていたこともありますけど、整形でちょっとずつ顔が整ってくると、ソープランドに移りました。激安店からスタートして、大衆店、高級店、いまじゃ二時間十万円のVIP店まで昇りつめて……月収は百万円を超えてます。一円残らず、整形とコスメとエステとパーソナルジムに注ぎこんでますけど……」

「わかる……わかるよ……」

欣一はほとんど泣きそうだった。膝小僧をつかんだ手がぶるぶると震えていた。顔が悪い男の人生は、ハンサムな男の人生の百倍つらい。女であればなおさらで、けれども美貌を勝ちとるために体まで売らなければならなかったとは、同情せずにはいられなかった。なんてせつない人生だろう。

「でもさ……」

気を取り直して言った。

「だからって、人を殺《あや》めるのはどうなんだろう？　どんなにつらい境遇でも、殺人の言い訳にはならないと思うんだよ……」

「さっ、殺人っ！」

瑠莉子は声をひっくり返した。

「どうしてわたしが人を殺さなきゃいけないんですか？」

「いやいや……」

欣一は苦笑まじりに首を振った。

「だって、そのために色仕掛けしてきたんじゃ……籠絡した男を生命保険に入れて、受取人は自分、あとは次々と……」

「なんてこと言うんですか」

瑠莉子がジロリと睨んでくる。

「わたしはただ、男の人たちに抱かれたかっただけで……」

「いやいやいや……」

欣一は泣き笑いのような顔になった。

「だってあなた、ソープランドで働いてるんですよね？　お店でセックスできるんですよね？　なんならお金もガッポガッポ……」

「違うんですっ！」

瑠莉子は声を荒らげた。

「仕事でするセックスと、プライヴェートでするセックスは全然違う。ソープはお金を頂く分、すごくサービスします。お客さんもわたしのことをお姫さまみたいに扱ってくれる。決まりきった世界よ。わたしは、生まれながらの美人が憎い……憎くて憎くてしかたがない……だから、彼女たちから男を奪ってやりたかった……美人の前で、わたしひとりがちやほやされてみたかった……あなたをのぞいた男性参加者全員が、明日はわたしを指名するでしょう？　きっと胸がすーっとするはず」

「……全員とやったからだろ」

欣一がボソッと言っても、瑠莉子は顔色を変えなかった。ただ、言葉も返さない。沈黙は肯定と同じである。

「わたしのこと、どうするつもりですか？」

瑠莉子が静かに訊ねてくる。

「運営スタッフに通報しますか？　ちなみに、司会進行のマジカル直也って芸人、わたし、あの人ともやってますから」

「自分で言うのもあれですけど、わたしをとっちめたいなら、マジカル以外の人に通報したほうがいいと思います」

「あなたも面白い人だねえ……」

欣一は溜息まじりの苦笑を禁じ得なかった。

「スタッフにとっちめられたいわけか？」

「だって……」

「悪いことしてる自覚はあるんだな？」

「まあ……」

瑠莉子は気まずげにうなずいた。

「もうしません、こんなこと」

「なぜ？」

「それは……あなたに拒否されたからです。いくらお金をかけて整形したって、通用しない男がいるってわかっちゃったから……なんだかシラけて……」

「どうして俺が拒否ったと思う？」

欣一はソファから腰をあげ、瑠莉子の腕を取って立ちあがらせた。瑠莉子はランジェリー姿が急に恥ずかしくなったようで、情けない中腰になり、自分を抱きしめるように両腕を前にまわした。

「俺もあんたと同じなのさ。この顔は韓国で整形手術した。仕上がりは気に入っていたんだが、ちょっとばかし無茶をしたらしく、副作用で髪は抜けるわ、鼻毛は飛びしてくるわ、ひどい目に遭って……」

「前歯もですか？」

「いや、前歯はもともと入れ歯なんだが……それはともかく、親が残した港区の土地とか、ネットバンキングの偽造明細とか、あんたと同じ手口で次々と……」

「寝たんですか？」

欣一はうなずいた。

「落ち目の芸能人とも？」

「ああ」

「銀縁メガネのバリキャリや、場違いなお嬢さまとも？」

「あんた以外全員さ」

瑠莉子は呆れた顔でポカンと口を開いたが、やがて笑いだした。こみあげてくる笑いをこらえきれないという感じで、腹を押さえながら……。

その笑顔があまりに清々しかったので、欣一も釣られて笑った。どういうわけか、ひどく気分が爽快だった。

5

天蓋付きのベッドを使うのなんて、生まれて初めてだった。白いレースで囲われた四角く薄暗い空間には、なんとも言えない淫靡《いんび》な雰囲気が漂っていて、クーラーの風が遮られているからか、むっとする湿気がこもっていた。

「ぅんんっ……」

唇と重ねると、瑠莉子はせつなげに眉根を寄せた。お互いに口を開き、舌と舌をねちっこくからめあう。濃厚かつ情熱的なキスが長々と続き、唇を離すと唾液が糸を引いた。

「本当にわたしを抱くんですか？」

「ああ……」

「鼻の曲がった女が好きなのかしら？」

「そっちは、逆モヒカンで前歯が抜けてる男が好きなんだろう？」

憎まれ口を叩きあいながらも、見つめあうふたりの眼は笑っていた。

欣一は、瑠莉子のことがひどく愛おしかった。三十五歳まで童貞だった鬱憤《うっぷん》を晴らすため、女たちに復讐してやろうと乗りこんできた婚活合宿なのに、いまはまったくそういう気分ではない。

純粋に、瑠莉子のことが欲しかった。同じようなつらい境遇を乗り越えてきた似た者同士なら、愛とか恋とか、そういったいままでの自分には無縁だった感情に、触れることができそうな気がした。

「あんっ……」

ゴールドベージュのブラジャーに包まれた胸をまさぐると、瑠莉子は恥ずかしげに身をすくめた。

「どうして恥ずかしがる?」

欣一は苦笑した。

「さっきは自分から服を脱いで、僕の股間をまさぐってきたくせに」

下着姿の瑠莉子に合わせて、欣一もブリーフ一枚になっていた。だが瑠莉子はもう、股間をまさぐってくることなく、むしろ腰を引いて自分の体にあたらないようにしている。

「わからない……わからないけど、すごく恥ずかしいの……」

その言葉を証明するように、瑠莉子は顔を真っ赤にしていた。やたらともじもじしているのも、ソープランドのＶＩＰ店で働いているとは思えないほど、おぼこい感じがする。

「お店では、仕事って割りきってセックスしてるから、恥ずかしがってる暇もありません。お客さんの反応をきちんと観察して、頭の中で相手に合った段取りを組み立てたりしないと、満足なサービスを提供できないもの……」

「なるほど」

欣一はうなずきながら、瑠莉子の背中に両手をまわした。ブラジャーのホックをはずしてカップをめくると、女らしい美乳が姿を現した。すかさず裾野からすくいあげ、先端を舐めた。チロチロと舌先でくすぐるように舐めてやると、乳首が物欲しげに尖ってくる。

「あああっ……んんんんーっ！」

悶える瑠莉子はやはりとても恥ずかしそうで、いまにも泣きだしてしまいそうな顔になっている。鼻が少し曲がっていたところで美形であることに変わりなく、美形というのは表情から感情が生々しく伝わってくるものらしい。

「あっ、あのっ……この合宿で男の人を次々誘惑したときも、恥ずかしくなんてなかったんですよ。夢中にさせてやるって意気込んでたし、夢中にさせればまわりの女たちが嫉妬してくれて気持ちいいから……」

「もういいよ……」

欣一はこわばった笑みを浮かべて首を横に振った。言葉にされなくても、彼女の気持ちは痛いくらいに伝わってきた。似た者同士とは、きっとそういうものなのだろう。欣一にしても、この合宿に参加している女たちを全員抱いてやろうだなんて馬鹿なことを考え、実行に移した男だった。

そういう下世話な欲望と、いま腕の中にいる女に対して抱いている気持ちは、別のものだと思いたかった。言い訳もしたいし懺悔《ざんげ》もしたい。だがそれは、彼女とひとつになり、恍惚を分かちあってからでも遅くないだろう。

とはいえ……。

いくら美乳と戯《たわむ》れていても、ブリーフの中のイチモツがうんともすんとも言わなかった。勃起してくる気配もなく、股間は凪《な》いだ海のように穏やかだった。焦燥感《しょうそうかん》に、全身からどっと汗が噴きだしてくる。白いレースに囲われたベッドにはそもそも湿気がこもっているから、尋常ではない汗の量だ。

（まっ、まずいな。これじゃあ、ひとつになりたくてもなれないじゃないかよ、どうなってんだ……）

　気持ちはこれほど昂ぶっているのに、体が反応しないという事態を、五日前まで童貞だった欣一は、経験したことがなかった。男の欲望はナイーブなもので、メンタルが健やかでないと勃起をしないこともある。自分の体のこととはいえ、そういうことを知らない欣一は、焦るばかりである。

「あっ、あのさっ……なんだか今日は調子が悪いみたいで……」

「えっ？」

　瑠莉子は欲情に顔を紅潮させながらも、不思議そうに眼を丸くした。

「ちょっとその、休憩して酒でも飲もうか？　部屋に寝酒用のウイスキーがあるから、取ってくるよ」

　瑠莉子は、はは～ん、という顔をした。年齢のわりにセックスの経験が極端に少ない欣一に対し、彼女は極端に多い女だった。あとで知ったことだが、ソープランドの客にも、緊張で勃起しない男が珍しくないらしい。となると、トラブルシューティングの方法をいくつももっている。

「わたしにまかせてもらっていい？」

　瑠莉子に上眼遣いで訊ねられ、

「まっ、まかせるってなにを？」

欣一は戸惑いに上ずった声で返したが、瑠莉子は質問には答えず体を起こした。ブリーフの両サイドをつかんできたので、欣一はしかたなく腰を浮かせた。股間を露出されるのが途轍もなく恥ずかしく、汗ばんだ顔が熱くなっていく。女と愛しあうための器官が、ちんまりしたままなんて……。

瑠莉子はブリーフをすっかり脱がすと、欣一の両脚の間に移動してきた。フェラチオをされる予感に、欣一の体はこわばった。ソープ嬢だから口腔《こうこう》奉仕に自信があるのだろうが、反応しなかったらよけいにバツが悪くなる。

（勃てっ！　勃ってくれ、頼むからっ！）

胸底で祈りを捧げる欣一をよそに、瑠莉子は想定外の行動をとった。欣一の両脚を、M字にひろげてきたのである。

（えええっ？）

驚愕に声も出ない欣一を嘲笑《あざわら》うように、股間に顔を近づけてくる。ちんまりしたペニスには触れず、玉袋の裏筋からアヌスにかけて、舌先でくすぐるように舐めはじめる。いわゆる会陰部《えいんぶ》と呼称される部分だが、そのあたりに回春のツボがあるという説を、欣一はネットのエロコラムで読んだことがあった。

（いきなり回春プレイとは、高級ソープ嬢、恐るべし……）

感心していたのも束の間《つかま》、瑠莉子は続いて睾丸を口に含んだ。ふたつあるそれを交互に頬張っては飴のように舐め転がし、時折吸いあげてくる。

「むむっ！　むむむむっ！」

欣一は首に筋を浮かべて悶絶した。睾丸に圧をかければ死ぬほど痛いことを、男なら誰だって知っている。瑠莉子は痛くなるぎりぎり手前まで圧をかけてバキュームしてきたが、いつ痛みが訪れるかわからないので、すさまじいスリルに息もできない。

男根を吸いしゃぶられると気持ちがいいが、睾丸を吸われると魂までも吸われていくようだった。睾丸を吸われている間は呼吸もできず、口から出されると安堵してハーッと息を吐きだす。

瑠莉子は睾丸を吸いつつも、会陰部を指で刺激しつづけていた。指だけではなく、ツメまで使って執拗に続けられると、ちんまりしたペニスが熱く疼きだした。といっても、まだ勃起はしていない。していないが、しそうな予感がこみあげてくる。

「おおおおおおーっ！」

野太い悲鳴を放った。ヌルヌルした生温かい舌が、アヌスを舐めてきたからだった。そんなことは、したことはあっても、されたことはない。女はおぞましさを感じるらしいが、欣一は罪悪感がすごかった。

（そっ、そんなところを舐めなくてもっ……いくらソープ嬢だからって、平然とこんな男の尻の穴をっ……）

すぼまりをペロペロ舐めまわしては、尖らせた舌先で中心をヌプヌプと穿ってくる。排泄器官をほじられるタブーの意識が欣一の体をきつくこわばらせ、小刻みに震わせはじめる。睾丸を吸われるときのようなスリルが、また訪れていた。尻の穴の中まで舐めまわすのだけは、それだけはどうか許してほしい……。

「ぬっ、ぬおおおおーっ！　ぬおおおおおーっ！」

欣一はパニックに陥りそうだった。瑠莉子がアヌスを舐めながら、敏感な内腿に指を這わせてきたからだ。十本の指をひらひらと躍らせ、触るか触らないかのフェザータッチでくすぐってくる。くすぐり方がうますぎる。全身の血液が沸騰しているかのように体中が熱くなり、生汗がどっと噴きだす。

「ぬぐぐっ！」

瑠莉子の手指が、ついに本丸を攻めてきた。ちんまりしているペニスをつまみ、やさしく撫でさすってくる。勃起度はまだ二割ほど。すると瑠莉子は、アヌスから舌を離して、ちんまりしているペニスを口に含んだ。

「あがっ！　あがが っ……」

欣一は仮性包茎だった。勃っていないときは、亀頭に包皮が被っている。生温かい口の中で包皮を剝かれて舐められると、一秒で勃起した。天地がひっくり返ったような、劇的な出来事だった。ちんまりしているペニスが女を愛せる男根になっていく一秒の間、欣一の意識は天国に飛んでいた。脳味噌がピンク色に染まりきり、桃源郷の景色が見えたような気がした。

6

「もっ、もういいっ！」

欣一は力ずくでM字に開かれた両脚を閉じると、上体を起こした。キョトンとしている瑠莉子の双肩をつかみ、ベッドに押し倒す。いま触れた肩も、次につかんだ両脚も、じっとりと汗ばんでいた。よく見れば、額には汗の粒が浮かんでいる。天蓋の中はやはり、かなりの湿度らしい。

汗を拭うタオルもないので、欣一はかまわず、あお向けに倒した瑠莉子からゴールドベージュのパンティを奪った。続いて、両脚をM字に割りひろげていく。M字開脚のお返しである。

しかし、見事に勃起させてくれたお礼にクンニ——そういう穏やかな心境とは程遠かった。男根が硬く隆起した瞬間、全身をオスの本能に乗っ取られたようだった。

（たっ、たまらないじゃないかよ……）

M字にひろげた両脚の中心を、血走るまなこでむさぼり眺める。

瑠莉子の陰毛は、横一センチ、縦五センチほどのサイズに整えられていた。エステサロンには通っているが、パイパンまではしたくないという感じだ。こんもりと盛りあがった恥丘が、人工的な縦長に刈られた陰毛に飾られている姿は、卑猥すぎて身震いが起こった。

だがその下には、さらに卑猥な女の花が鎮座している。アーモンドピンクの花びらが、ぴったりと口を閉じて縦に一本の筋をつくっている。百選錬磨のソープ嬢なのに、花びらは美しいシンメトリーを描き、くすみはなく、縮れも少なく、淫靡な色艶に輝いている。

「むううっ！」

欣一は獰猛《どうもう》な蛸《たこ》のように唇を尖らせ、瑠莉子の花に襲いかかっていった。ぶちゅっ、と下品に唇を押しつけては、舌を差しだして夢中で舐めまわした。興奮しきっていて、自分で自分を制御できない。

（これが……会陰部の回春マッサージ効果か？）

正確なところは欣一にもわからなかったが、先ほどまで勃起していなかったのが嘘のように、股間のイチモツは隆々と反り返っている。瑠莉子の股間を舐めまわしつつも、興奮しすぎてビクビクと跳ねている。いやらしいエネルギーが、あとからあとからこみあげてくるようだ。

「はっ、はぁうううううーっ！」

欣一の舌がクリトリスに届くと、瑠莉子は喉を突きだしてのけぞった。白い喉が生々しいピンク色に染まり、汗の粒を浮かべているのがいやらしすぎる。

（なっ、舐めたいっ……瑠莉子の喉を、舐めまわしたいっ……）

そのためには、クンニを中断しなければならなかったが、もう充分のような気がした。舐める前から瑠莉子の肉穴は蜜まみれだった。舐めれば舐めるほど新鮮な蜜をあふれさせ、こちらの口のまわりをベトベトに濡らしてくる。

欣一は上体を起こし、瑠莉子の両脚の間に腰をすべりこませた。狙いを定めて瑠莉子に覆い被さっていくと、顔と顔が息のかかる距離まで接近した。自然と唇が重なりあい、舌をからめあう。

（もっ、もうダメだっ……我慢できないっ……）

欣一は舌をからめあいながら、腰を前に送りだしていった。ずぶっ、と亀頭を埋めこむと、瑠莉子がうぐうぐと鼻奥で悶え泣いた。それでも欣一はキスを続けながら貫いていく。中の肉ひだが無数の蛭《ひる》のようにうごめいて、男根にからみついてくる。すさまじい快感に、根元まで埋めるのを待つことができず、ピストン運動を開始してしまう。

「はっ、はぁあああーっ！」

瑠莉子が叫び声をあげながらしがみついてきた。その体は汗みどろで、こちらの体もそうだった。素肌と素肌をヌルヌルとこすりあわせながら、欣一はピストン運動を続けた。ずちゅっぐちゅっ、ずちゅっぐちゅっ、と粘っこい肉ずれ音をたて、怒濤の連打を送りこんでいく。オスの本能に乗っ取られた体が、むさぼるような腰使いを見せる。

たまらなかった。

キスを中断して瑠莉子の顔を見た。少し鼻が曲がっているはずだが、喜悦でくしゃくしゃに歪んでいるので、それほど目立たない。しかも、汗の粒をびっしり浮かべているから、エロティックすぎて眼が離すことができない。

欣一の視線を感じたのか、瑠莉子が薄眼《うすめ》を開けた。きりきりと眉根を寄せ、小鼻を赤く腫らしている表情もまた、この世のものとは思えないくらいエロティックで、むさぼり眺めずにはいられなかった。視線をぶつけあい、からませあいながら、欣一は男根の抜き差しを続けた。連打がリズムに乗ってくると、尻なのか太腿なのか、パンパンッ、パンパンッ、と乾いた音をたてた。

「はぁあああっ、いいーっ！　はぁあああああーっ！　気持ちいいーっ！　気持ちいいよおおおおーっ！」

瑠莉子は完全に取り乱し、感極まった声を撒き散らした。さらには、下から腰を使ってくる。直線的に抜き差ししている欣一の動きに対し、左右に動いて性器と性器の摩擦感をあげていく。完全に取り乱しているのに、床上手にもほどがある。欣一は呼吸も忘れて、突いて突いて突きまくった。眼もくらむほどの快感が押し寄せてきて、額から噴きだした汗が眼の中に流れこんでくる。

それでも眼を閉じることはできなかった。ぎりぎりまで細めた眼でこちらを見つめている瑠莉子と、視線をからめあって離さない。

考えてみれば不思議だった。

いま見つめあっている男と女は、どちらも整形手術で現在の顔を手に入れた。欣一はいま、ヘアスタイルと前歯に問題があり、いつ鼻毛が飛びだしてくるかもわからないひどい状態だ。瑠莉子もまた、鼻にトラブルを抱えているが、メンテナンスを完了すれば、美男美女のカップルになるだろう。

それでも、たとえ瑠莉子の曲がった鼻が元に戻らなくても、欣一は彼女を愛しつづける自信があった。人間、見た目も大事だが、それ以上に大事なこともある。瑠莉子と自分は、同じ宿痾《しゅくあ》を抱え、それを乗り越えてきた。詐欺師まがいのやり方でセックスを求めたところまで同じなのは情けないが、欣一には彼女の苦悩も、みじめさも、抜き差しならない復讐心まで理解できる気がした。

そしてそれは、瑠莉子も同じだろう。ぎりぎりまで細めた眼でこちらを見つめる瑠莉子は、恋する女の顔をしている。肉の悦びに翻弄され、いまにもオルガスムスに駆けあがっていきそうなのに、逆モヒカンの歯っ欠け男を、愛おしげに見つめてくるのをやめない。

「おおおっ……おおおおおっ……」

射精の前兆がこみあげてきて、欣一は瑠莉子の首の後ろに腕をまわした。華奢《きゃしゃ》な双肩をがっちり抱えて、渾身のストロークを叩きこんでいく。限界までピッチをあげて奥の奥まで突きあげれば、瑠莉子はひいひいと喉を絞ってよがり泣き、細身のボディをいやらしいほどのけぞらせていく。

「むううっ……」

欣一は舌を差しだし、突きだされた瑠莉子の喉を舐めまわした。汗はしょっぱいはずなのに、たまらなく甘美な味がして、それが射精のトリガーになった。

「でっ、出るっ！　もう出るっ！」

滑稽なほど上ずった声で言うと、

「ああっ、出してっ！」

瑠莉子が呼応して叫び、欣一に強くしがみついてきた。

「中で出してっ！　たくさん出してっ！」

一瞬、「えっ？」と思った。欣一はゴムを装着していないから、中で出したらまずいことになりそうだった。しかし、瑠莉子はソープ嬢。きっと避妊のために手を尽くしているのだろうと考えた。

「だっ、出すよっ！　中に出すよっ！」

叫びながらフィニッシュの連打を開始すると、

「ああっ、出してっ！　いっぱい出してっ！　瑠莉子の中に、たくさんくださいいいいーっ！」

瑠莉子も切羽つまった声をあげ、ガクガクと腰を震わせた。オルガスムスの前兆に違いなかった。

「おおおおっ、出るっ！　もう出るっ！　おおおおおーっ！　ぬおおおおおおおおおーっ！」

雄叫《おたけ》びとともに最後の一撃を打ちこみ、ドクンッ！　と男根を震わせた。下半身のいちばん深いところで爆発が起こったような衝撃的な快感に、欣一は恥ずかしいほど身をよじった。ドクンッ！　ドクンッ！　ドクンッ！　と男の精が発射するたびに、男根の芯に灼熱《しゃくねつ》が走り抜けていく。痺れるような快感が、電流のように五体の隅々まで響き渡る。

「ああっ、イクッ！　わたしもイッちゃううううーっ！」

腕の中で、瑠莉子が弓なりに反り返った。

「ああっ、イクッ！　もうイクッ！　すごいっ、すごいっ、すごいっ……イッちゃうっ！　イクイクイクイクーッ！　はぁあああーっ！」

ビクンッ、ビクンッ、と腰を跳ねあげて、瑠莉子はオルガスムスに駆けあがっていった。五体の肉という肉をいやらしく痙攣させている彼女を、欣一は力の限り抱きしめた。ドクンッ、ドクンッ、ドクンッ、と射精は勢力を弱めながらも、長々と続いた。搾りだすようにして発射するたびに、あまりの気持ちよさに気が遠くなりそうだった。

エピローグ

合宿六日目、最終日の朝——。

欣一は不安で胸がいっぱいだった。

始発のバスで逃げてしまおうという計画を撤回し、午前九時を過ぎても部屋に留まっていた。今日も前歯を失うわけにはいかないから、朝食はいつも通りのゼリー飲料。忘れ物がないようにキャリーバッグに荷物を詰めこみ、入念にシャワーを浴びてから身支度をととのえた。いまさらと思いつつも、頭に黒いタオルを巻き、前歯や鼻毛のチェックもする。

午前十時、いよいよ告白タイムの時間がやってきた。

部屋を出て階段をおりていく欣一の足取りは、鉛のように重かった。自分がしてきたことを考えれば、この先に待っているのはハッピーエンドではなく、修羅場に決まっている。いったいどうなってしまうのか想像するのも嫌だったが、逃げるのはやめた。逃げずに立ち向かう覚悟を決めた。

「いやーっ、みなさん、お疲れさまでしたーっ！」

リビングに入っていくと、ちょうどマジカル直也が司会進行をはじめたところだった。アフロヘアが修行僧のような丸坊主になっていたが、笑えなかった。ちょうど先ほど、ネットで彼のニュースを見たところだった。

なんでも、先輩芸人の妻に手を出したとかで、そのまま略奪婚になりそうだという。すでに先輩とは和解しているらしいが、ペナルティとして坊主にしろと事務所に命じられたらしい。

たとえスキャンダルでも、鳴かず飛ばずの無名芸人がニュースになったのだからいいじゃないか、悪名は無名に勝るという意見もあるようだが、そんなことはどうだっていい。

先輩の妻であろうがなんだろうが、人間だから好きになってしまうこともあるだろう。不倫の誹《そし》りを受け、常識を踏みはずしても、好きだという気持ちを貫く態度は潔く、尊いのではないか？　もっともマジカル直也は、瑠莉子の色仕掛けにあっさり乗ったクズらしいが……。

そのとき、ドキンッとひとつ、欣一の心臓は跳ねあがった。

（帰らなかったのか……）

女性陣の中に、瑠莉子の姿があった。いるかいないか、どちらにも確信がもてないまま、欣一はリビングにおりてきた。この暑い中、マスクをしてわざとらしく咳きこんでいるが、夏風邪をひいたわけではないだろう、曲がった鼻を隠すためだ。

「みなさん、どうでしたかーっ！　恋のお相手、生涯の伴侶候補は見つかりましたかーっ！　僕はちょっとばかりしくじって、世間を賑わしてしまいましたけど、みなさんにはぜひ！　幸せになっていただきたい。さあさあさあ、いったい何組のカップルが成立するでしょうか？　張りきってどうぞっ！」

女性陣にくじ引きの箱がまわされ、順番が決められた。女が一人ひとり壇上にあがり、彼女が意中の男は前に出ていくというルールだった。くじで一番を引いたのは、瑠莉子のようだった。神妙な顔で壇上にあがっていく。

「エントリーナンバーワンッ！　丸茂瑠莉子さんっ！　さあさあさあ、彼女に愛の告白をしたい方はどうぞ前にっ！」

一瞬の間があってから、男たちがぞろぞろと動きだした。欣一をのぞく、四人全員だ。

さすがに女性陣の顔色が変わった。婚活を放棄している千奈美はスマホをいじっていたが、他の四人は例外なく青ざめ、けれどもそれを必死に隠して平静を装っている。もちろん、本命の欣一が動かなかったからだが……。

「瑠璃子さんっ！　出会った瞬間にひと目惚れしましたっ！　こんな奇跡、二度とあるとは思えません。どうか僕を選んでくださいっ！」

男たちが一人ひとり、瑠莉子に向かって最後のアピールをする。

（なに言ってんだかな……）

馬鹿馬鹿しくて、欣一は真面目に聞いていられなかった。綺麗事を並べていても、彼らは所詮、整形手術で手に入れた美貌と、嘘で固めた五十億の資産に釣られて求愛しているのである。そこにソープで鍛えたベッドテクを加えてもいいが、すっかり手玉に取られて馬鹿丸出しとしか言い様がない。

それにしても。

瑠莉子の気持ちがわからなかった。ゆうべはセックスのあと、ひと言も交わさないでお互い自分の部屋に戻った。セックスの余韻がすごすぎて、とても話をする気になれなかったし、おそらく彼女も同じだったろう。

示し合わせていない以上、今日この場に現れることがないかもしれず、先に帰ってしまわれたら、二度と会えなくなる——それが不安だったのだが、壇上で神妙にしている瑠莉子を見ていると、別の不安もこみあげてきた。

（まさか、誰かの求愛を受けるつもりなのか？　いや、それは……いったいどういうつもりなんだ？）

ドクンッ、ドクンッ、ドクンッ、と鼓動が乱れていく中、四人目の男のアピールが終わり、

「それじゃあ丸茂さんっ！　誰を選ぶのか、お答えくださいっ！」

マジカル直也が高らかに言って瑠莉子を見た。

「……ごめんなさい」

瑠莉子がボソッと言って頭をさげた瞬間、「うわあーっ！」と求愛した男のひとりが、号泣しながらその場に崩れ落ちた。他の三人も呆然とした顔をしている。ピロートークで「選ぶのは、あ・な・た」などと甘い声でささやかれただろうから、なにが起こったのかわからないに違いない。

「いや、あの……大丈夫ですか？」

マジカル直也が号泣している男の背中をさすっても、男は泣きやまなかった。それどころか、他の男たちも涙ぐんでいる。顔を真っ赤にして、

「なんだよ、これはっ！　騙したのか？」

壇上の瑠莉子に食ってかかる者もいる。

瑠莉子は彼のことは一瞥もせず、壇上からおりてきた。女性陣が集まっているほうには向かわず、長い髪を颯爽となびかせて欣一の前まで来た。

「わたしと付き合っていただけませんか？」

まっすぐにこちらを見て言った。

「わたしたち、結ばれるのが運命……そう思っています」

婚活合宿の告白タイムは、男から女に求愛するシステムになっている。女から男に求愛することはできない。瑠莉子の掟《おきて》破りの行動に、その場の空気は凍りついたように固まってしまう。

欣一は瑠莉子を見ていた。彼女がこちらを見たまま、まばたきひとつしないからだ。視線と視線がぶつかりあい、からまりあった。ゆうべの情事を生々しく思いだしてしまった欣一は勃起しそうになり、ふっと笑ってから瑠莉子を抱きしめた。

「僕も同じことを思ってました」

完全にふたりの世界に入ってしまい、気がつけばキスをしていた。それも舌と舌をからめあう、濃厚なディープキスだ。

おさまらないのは、瑠莉子にフラれた男性陣だった。いや、それ以上の勢いで、女性陣が詰め寄ってきた。

「ちょっ……まっ……なんなんですか、これ？」

里穂があわてふためきながら地団駄を踏み、

「いったいどういうことっ！　説明しなさいっ！」

佳織は銀縁メガネの奥で眼を吊りあげる。

「ミツルは？　わたしのミツルは？」

千奈美はあくまで「推し」と会えるかどうかだけが心配なようで、

「あなたね、わたしのこと騙したなら、ただじゃすまないからね。事務所総出でツメるわよ」

梨花が低い声で凄みを利かす。

「申し訳ありませんでした……」

欣一は深々と頭をさげた。

「すべては僕の未熟さゆえの不手際で、懺悔の言葉もございません。でもほら、みなさん大変お綺麗ですから、僕みたいな残念な男じゃなくて、もっと素敵な相手が見つかりますよ」

「ふざけるんじゃないわよ！」

「騙したのか、騙してないのか、それを訊いてるんですけど！」

告白タイムのあとには軽い打ちあげがあるようで、テーブルに立食用の食べ物や飲み物が用意されていた。

佳織はそこからグラスを取り、ビールを注ぐと、

「この詐欺師っ！」

欣一の顔にぶっかけてきた。

「芸能人をナメんなっ！」

梨花はオレンジジュースをかけてきた。それもグラスではなく、ピッチャーごとぶちまけられた。着ていた服は、上から下までびしょ濡れだ。

「ねえ、嘘でしょ？　嘘ですよね？」

里穂はか細く声を震わせながら、けれども先のふたりより強烈な罰を与えてきた。ショートケーキを顔面に投げつけられた。欣一の顔は生クリームで真っ白になった。

「わたし、ミツルくんと会えないの？　ミツルくんを出汁《だし》にして、わたしのこと抱いたの？　許さないっ！　許さないからあああーっ！」

千奈美が顔面に投げつけてきたショートケーキは、まだナイフの入っていないホールだった。欣一はなにも見えなくなったが、嘘八百を並べ立てて嫁入り前の体をむさぼった罰は甘んじて受けとめるしかない。

それでも、瑠莉子と繋いだ手は離さなかった。欣一が強く握りしめると、瑠莉子も強く握り返してくれた。たしかに運命なのかもしれなかった。まだ一夜をともにしただけなのに、こんなにも強く絆を感じる。

「きゃあああーーーーっ！」

唐突に、女の悲鳴があった。ひとりではなく、女性陣全員のようだった。顔面に投げつけられたホールのケーキが床に落ちていくとき、頭に巻いた黒いタオルを道連れにしたようだった。欣一は生クリームまみれの顔で、落ち武者のようになったみじめな頭髪をさらすことになった。さらに、ゲホッと咳きこむと前歯が飛び、バットタイミングの極めつけで、鼻毛もドバッと伸びてきた。

「やだやだやだっ……」

「キモい、キモい、キモい……」

「なんなの？　あんた妖怪なの？」

「もうやだっ！　こんな男に抱かれたなんて、わたし死にたいっ！」

女性陣からの罵声は留まることを知らなかったが、

「行きましょう」

瑠莉子が握った手を引っぱってきた。生クリームのせいで視界が覚束《おぼつか》ない中、欣一は彼女に先導されてその場を脱出した。


「まあ、これくらいですんだなら御《おん》の字《じ》じゃないかな」

瑠莉子がクスクス笑いながら言った。ふたりでバス通りを歩いていた。バス通りからは葉山のビーチが見えた。青い空はどこまでも高く、白い雲は風に流れ、太陽はまぶしく輝き、まさしく夏真っ盛りだ。

「他人事《ひとごと》だと思って……」

欣一は瑠莉子に借りたタオルで、しきりに顔を拭《ぬぐ》っていた。拭っても拭っても、生クリームのヌメリと甘ったるい匂いが消えない。おまけに服までびしょびしょだから、気持ちが悪くてしかたがない。

「でも、よかったじゃない。あなたはわたしを手に入れて、わたしはあなたを手に入れた。ウィン・ウィンよ」

「そっちに騙された男たちは、意外とおとなしかったな」

「あの人たちはみんな草食系だもの。この先の婚活も大変なんじゃないかなあ」

瑠莉子はなにもかも他人事で、そのわりには妙にニヤニヤしている。

「僕の顔、そんなに面白いかい？」

「違いますよ」

瑠莉子はマスクを取り、曲がった鼻を露出した。明るい太陽の下で見ると、記憶にあった以上に曲がっていた。それでも瑠莉子は、気にする素振りもない。

「似た者同士のあなたに出会えてよかった、って思っただけ」

「あっ、そう……」

視線と視線がぶつかりあい、お互いに照れてしまって下を向く。瑠莉子の曲がった鼻は気にならないが、自分は恥ずかしくてしかたがない。似た者同士はいいとして、髪の毛と歯のメンテナンスだけは早急に手を打たなければならないだろう。

「あっ、そうそう……」

欣一は話題を変えることにした。

「つかぬことを訊くけどさ」

「はい」

「ソープ嬢の避妊方法ってどういうものなの？　やっぱりピル？　それとも避妊リングみたいの入れてるとか？」

「どっちもしてませんよ」

瑠莉子はしれっと答えた。

「お店ではゴム着けてもらってるもん。それはゆきずりの男や援交時代から、ずっと変わらず」

「いや、でも……」

欣一は顔から血の気が引いていった。

「昨日、中で出したんだぜ。ものすごい安全日だったの？」

「むしろ排卵日」

「おいおい……」

欣一は泣き笑いのような顔になった。

「どうするんだよ、できちゃったら？」

「できるでしょうね、きっと。わたしとあなたは運命で結ばれてるから」

瑠莉子が悪戯っぽく笑い、唐突に走りだしたので、

「こっ、このおーっ！」

欣一も走って追いかけた。キャリーバッグを引きずっているので、すぐにハアハアと息があがり、汗が噴きだしてくる。瑠莉子もガラガラとキャリーバッグを引きずっているから、走っても疲れるだけなのに、どういうわけか走るのをやめない。なんとなく、気持ちはわかった。欣一もまた、こんなところで立ちどまる気にはなれなかった。

※この作品は双葉文庫のために書き下ろされたもので、完全なフィクションです。

双葉文庫

く-12-69

海《うみ》の家《いえ》の婚活合宿《こんかつがつしゆく》にイッてみました

2024年5月18日　第1刷発行

【著者】
草凪優《くさなぎゆう》

【発行者】
箕浦克史
【発行所】
株式会社双葉社
〒162-8540 東京都新宿区東五軒町3番28号
［電話］03-5261-4818(営業部)　03-5261-4833(編集部)
www.futabasha.co.jp(双葉社の書籍・コミックが買えます)
【印刷所】
中央精版印刷株式会社
【製本所】
中央精版印刷株式会社

【フォーマット・デザイン】
日下潤一

ISBN978-4-575-52757-5 C0193
Printed in Japan

草凪優
逃げるは恥だが人妻の役に立つ
書き下ろし長編 性春エロス

人妻との逢瀬の直前に、横領の疑いがかかった二十歳で童貞の沓脱悠太郎。彼を待ち受けていたのは、人妻たち相手の夢の逃亡性活だった。

草凪優
未亡人は、雪の夜に
書き下ろし長編 性春エロス

恋人でもない未亡人の女性川原真千子と、急遽駆け落ちすることになった真鍋倫太郎。雪がそぼ降る古民家での、妖しい同居生活が始まる。

草凪優
隣のフレッシュOL
オリジナル連作 性春エロス

真新しいスーツに身を包み弾けるような笑顔を振りまくフレッシュOLと、その姿に魅せられた男たちが織りなす、極上の連作性春エロス。

草凪優
最高の愛人
オリジナル連作 性春エロス

人生に彩りを添える最高の愛人とは——。美熟女から元カノまで、男の夢を叶える彼女たちが紡ぎだす、至高のエロティック・ストーリー。

草凪優
帯をといたら
書き下ろし長編 性春エロス

成人式間近の若い恋人を持つ四十歳の岡本幹夫はバーで知り合った美熟女と一夜を過ごしてしまい、思わぬ頼みごとを受けることになる。

草凪優
奇跡の美熟女
オリジナル連作 性春エロス

熟れた肢体から漂う色香と、肉の悦びを知り尽くした淫らな痴態で男を魅了する、色とりどりの奇跡の美熟女たちが繰り広げる悦楽の物語。

草凪優
そして全員寝取られた
書き下ろし長編 性春エロス

隣室に越してきた夫婦。その妻はかつて憧れた女上司だった。隣で繰り広げられる痴態に心を乱す男に、さらなる嫉妬の地獄が待ち受ける。

草凪優　極上の妻《おんな》たち

オリジナル　官能短編集

うら若き新妻から清楚なセレブ妻、幸薄そうなシングルマザーまで、いずれ劣らぬ美しき人妻たちとの至高の情事を描く珠玉の五編を収録。

草凪優　桃尻プリン

オリジナル長編　フェチック・エロス

深夜のオフィスビルで作業に勤しむ尻好き清掃員と、魅惑のヒップを持つ美人女子社員たちが繰り広げる、究極のフェチック・エロス。

草凪優　ツンデレ上司と　おねだり兄嫁

書き下ろし長編　性春エロス

出張先のホテルで抱いてしまったことで美人上司と付き合うことになった二十九歳の貴明。だが彼には、兄嫁との間にある秘密があって。

草凪優　うぶ熟女

書き下ろし長編　性春エロス

愛妻を亡くして二十五年、五十路セカンド童貞の田中誠一郎は、両思いのうぶ熟女と結ばれるべく、セックス勘を取り戻そうと奮闘する。

草凪優　人妻の達人

オリジナル長編　性春エロス

この世で一番エロいのは、人妻という生き物だ——。人妻しか愛せない二十八歳の男とエロすぎる人妻たちが繰り広げる究極の性春エロス。

草凪優　大学生から　ヤリ直し

書き下ろし長編　あのコとヤレた　世界線エロス

頭の中は35歳のままで14年前の大学時代にタイムリープ！　今度の人生こそ、憧れの存在だった夕希とヤリたい！　性春ヤリ直しエロス。

草凪優　人妻相談室

相談にも体にも乗る　オリジナル長編エロス

あるラブホテルに美人妻たちが見知らぬ男どもの性の相談に乗ってくれる一室がある。流れによってはそのまま実践練習に突入するらしい！

草凪優　人妻になりたい！
おじさんが急にモテまくる長編エロス
結婚して子供が生まれれば一千万円支給という法律が施行され、急にオジサンたちもモテ始めた。高嶺の花の美女たちと次々ベッドイン！

草凪優　熟れオトメ
中身はウブなの官能連作短編集
青年が秘かに憧れていた立ち食い蕎麦店のおばさんを脱がすと、純白のランジェリー姿が！外見は完熟でも中身はウブな女性たちの5篇。

桜井真琴　艶めき同窓会
書き下ろし長編柔肌エロス
同窓会に参加した夜に当時好きだった美少女・吉永夏美と身を重ねた立花周平。その勢いのままに女教師や元の同級生を抱きまくるのだが。

桜井真琴　淫情アパート
書き下ろし長編柔肌エロス
ニート暮らしに呆れた祖父に、所有するアパートの管理人を命じられた川崎涼太郎。美女揃いの住人を相手に、夢の管理人性活がはじまる。

桜井真琴　突撃！　隣りの団地妻
書き下ろし長編柔肌エロス
実家の八百屋を手伝う堀口雄斗は二十五歳の童貞男子。ある日の夕方、配達先でノーブラの人妻・美那子に密着され思わず股間が反応し……。

桜井真琴　地方のホテルがいやらしすぎて
書き下ろし長編柔肌エロス
泊まると運気があがると評判のビジネスホテルは、実は女性の淫気をあげるホテルだった！そこで働く駿平は〈おもてなし〉に大忙し！

桜井真琴　人妻アフターサービス
書き下ろし長編柔肌エロス
注文住宅メーカーに勤務する春日純一は、台所の水漏れの連絡を受けて現地に向かうと、びしょ濡れの美人妻・彩也子に出迎えられ……。